錢穆 講

中國文學史

錢穆 講

中國文學史

葉龍 編錄

商務印書館

錢穆講中國文學史

編　　錄：葉　龍

責任編輯：張宇程

封面設計：涂　慧

出　　版：商務印書館 (香港) 有限公司

　　　　　香港筲箕灣耀興道 3 號東匯廣場 8 樓

　　　　　http://www.commercialpress.com.hk

發　　行：香港聯合書刊物流有限公司

　　　　　香港新界大埔汀麗路 36 號中華商務印刷大廈 3 字樓

印　　刷：中華商務彩色印刷有限公司

　　　　　香港新界大埔汀麗路 36 號中華商務印刷大廈 14 字樓

版　　次：2019 年 6 月第 1 版第 2 次印刷

　　　　　© 2015 商務印書館 (香港) 有限公司

　　　　　ISBN 978 962 07 4525 6

　　　　　Printed in Hong Kong

駱玉明序

在老一輩學術名家中，錢穆先生以學問淵博、著述宏富著稱。不過，他對古代文學這一塊說得不多。《錢賓四先生全集》凡五十四冊，談中國古今文學的文章都收在第四十五冊《中國文學論叢》中，佔全集的比例甚小。這些文章論題相當分散，一般篇幅也不大，只有《中國文學史概觀》一篇，略為完整而系統。因此，如今有葉龍先生將錢穆先生 1955 至 1956 年間在香港新亞書院講《中國文學史》的課堂筆錄整理成書，公之於眾，實是一件可以慶幸的事情。錢先生是大學者，我們由此可以看到他的學術的一個以前我們知之不多的方面；而對於研究中國文學史的人來說，更能夠得到許多有益的啟迪。

從前老先生上課大多自由無羈。我曾聽說蔣天樞先生講第一段文學史（唐以前），學期終了，楚辭還沒有講完。錢穆先生的文學史分成三十篇，從文學起源講到明清章回小說，結構是相當完整的了。不過講課還是跟著述不一樣，各篇之間，簡單的可以是寥寥數語，詳盡的可以是細細考論，對均衡是不甚講究的。而作為學生的課堂筆記，誤聽啊漏記啊也總是難免。要是拿專著的標準來度量，會覺得有很多不習慣的地方。

但筆錄也自有筆錄的好處。老師在課堂上講話，興到之處，常常會冒出些"奇談妙論"，見性情而有趣味。若是做文章，就算寫出來也會被刪掉。譬如錢先生說孔子之偉大，"正如一間百貨公司，貨真而價實"。這話簡單好懂容易記，卻又是特別中肯。蓋孔子最要講的是一個"誠"，連說話太利索他都覺得可疑。"百貨公司，貨真價實"不好用作學術評價，但學生若是有悟性的，從中可以體會出許多東西。而現在我們作為文本來讀，會心處，仍可聽到聲音的親切。

　　要說文學史作為一門現代學科，我們知道它是起於西洋；而最早的中國文學史，也不是中國人寫的。但絕不能夠說，中國人的文學史意識是由外國人灌輸的。事實上，中國人崇文重史，很早就注意到文學現象在歷史過程中的變化。至少在南朝，如《詩品》討論五言詩的源流，《文心雕龍》討論文學與時代的關係，都有很強烈的文學史意識；至若沈約寫《宋書・謝靈運傳論》，蕭子顯寫《南齊書・文學傳論》，也同樣關注了這方面的問題並提出了出色的見解。中國文學有自己的道路，中國古賢對文學的價值有自己的看法。而在我看來，錢先生講中國文學史，一個顯著的特點，就是既認識到它作為一門現代學科的特質，同時又深刻地關注中國傳統上的文學價值觀和文學史意識。在眾多重大問題上，錢先生都避免用西方傳統的尺度來衡量和闡釋中國文學現象，而盡可能從文化機制的不同來比較中西文學的差異，使人們對中國文學的特點有更清楚的認識。也許，我們對某些具體問題的看法與錢先生有所不同，但他提示了一個重要的原則，卻是有普遍意義的 —— 這還不僅僅由文學而言。

　　錢先生是一個樸實而清晰的人，他做學問往往能夠簡單直截地抓住要害，不需要做多少細瑣的考論。譬如關於中國古代神話，中日一些學者發表過各種各樣的見解。有的說因為中國古人生活環境艱苦，不善於幻想，所以神話不發達；有的說因為中國神話融入了歷史傳說，所以神話色彩被沖淡了，等等。但這樣說其實都忽略了原生態的神話和文學化的神話不是同樣的東西。前些年我寫《簡明中國文學史》，提出要注意兩者的區別，認為中國古代神話沒有發展為文學，而這是受更大文化條件制約的結果。我自己覺得在這裏頗有心得。但這次看錢先生的文學史，發現他早已說得很清楚了：

　　　　"至於神話，故事則是任何地方都有的產物。中國古代
　　　　已有，但早前未有形成文學而已。在西方則由神話、故事
　　　　而有文學。中國之所以當時沒有形成文學，是由於文化背

景之有所不同所致，吾人不能用批評，只宜從歷史、文化中去找答案，才能説明中西為何有異。"

我們都知道錢先生是一位尊重儒家思想傳統的學者。儒家對文學價值的看法，是重視它的社會功用，要求文學有益於政治和世道人心，而錢先生是認同這一原則的。所以，在文學成就的評價上，他認為杜甫高於李白，陶淵明高於謝靈運，諸如此類。站在儒者的文學立場上，這樣看很自然，也沒有多少特別之處。但與此同時，令我們特別感興趣的，是錢先生對文學情趣的重視和敏感。他説：

"好的文學作品必須具備純真與自然。真是指講真理、講真情。鳥鳴獸啼是自然的，雄鳥鳴聲向雌鳥求愛固然是出於求愛，但晨鳥在一無用心時鳴唱幾聲，那是最自然不過的流露；花之芳香完全是自然的開放，如空谷幽蘭，它不為甚麼，也沒有為任何特定的對象而開放；又如行雲流水，也是雲不為甚麼而行，水不為甚麼而流，只是行乎其所不得不行，流乎其所不得不流，這是最純真最自然的行與流。寫作也是如此，要一任自然。文學作品至此才是最高的境界。"

這些議論使人感到，錢穆先生對文學的理解，有其非常重視美感的一面。他特別推崇曹操的《述志令》，就是因為它輕快自如，毫不造作(這和魯迅一致)。而且在錢先生看來，正是由於曹操文學的這一特點，他在文學史上佔有崇高的地位。錢先生説："落花水面皆文章，拈來皆是的文學境界，要到曹操以後才有，故建安文學親切而有味。"

錢先生對中國古代詩歌中的賦比興，有不同尋常的理解，這和他重視文學情趣的態度也是有關的。他引宋人李仲蒙解釋賦比興之説，歸結其意，謂："意即無論是賦，是比，或是興，均有'物'與'情'兩字。"然後解釋道：

　　"俗語説：'萬物一體。'這是儒、道、墨、名各家及宋明理學家都會講到的。意即天人合一，也即大自然和人的合一，此種哲學思想均寓於文學中，在思想史中卻是無法找到這理論的。我們任意舉兩句詩，如，'狗吠深巷中，雞鳴桑樹顛。'當我人沉浸在此種情調中時，但不能説是寫實文學，因為它不限時、地、人；也不能説其浪漫；且狗吠雞鳴亦非泛神思想，亦非唯物觀，此乃人生在大自然中之融洽與合一，是賦，對人生感覺到有生意有興象之味，猶如得到生命一般。"

　　賦比興都是追求天人合人、心物合一的意境，這個説法以前是沒有的。但確實，我們在讀這些文字時會感到一種欣喜，我們會感到自己對詩歌有了更親切的理解。

　　從歷史與社會來説文學，從文化環境説文學，從中西比較説文學，這是錢穆先生《中國文學史》眼界開闊、立論宏大的一面；從自由灑脱、輕盈空靈的個性表現説文學，從心物一體、生命與大自然相融的快樂説文學，這是錢穆先生《中國文學史》偏愛性靈、推崇趣味的一面。兩者不可偏廢。

　　至於錢先生講課一開始就説："直至今日，我國還未有一冊理想的《文學史》出現，一切尚待吾人之尋求與創造。"這倒沒有甚麼特別可以感慨和驚奇的。以中國文學歷史之悠久、作品數量之龐大、文學現象之複雜，文學史寫作幾乎就是"知其不可為而為之"。至於"理想"的文學史，只能是不斷追求的目標吧。

駱玉明

復旦大學中國語言文學系教授、博士生導師

陳志誠序

繼《錢穆講中國經濟史》之後，學長葉龍教授有意將他珍藏多年、修讀錢賓四師"中國文學史"課時的筆記整理，然後付梓出版。現在經已整理完成，書名就叫《錢穆講中國文學史》，並囑我為這本書寫篇序。我一方面感到萬分的興奮和榮幸，另一方面，我又深感慚愧，我哪有資格為這本書寫序？恐怕葉師兄之屬意於我，一來因為我們是同門師兄弟，無論是在新亞書院抑或新亞研究所，他都是我的前輩。二來，恐怕也是最主要的，我們都先後修讀過錢師的"中國文學史"，彼此應該有些相關的話題和體會。葉師兄盛意拳拳，我就只好勉力而為，答應過來。但談的都是個人的感受和印象，而且拉雜說來，稱不上是篇像樣的書序。

葉師兄和我雖然先後都修讀過錢師"中國文學史"的課，不過，效果卻可並不一樣。首先，他修讀的時間是在上世紀五十年代中，而我修讀的則在六十年代初。其次，他修讀的是整年的完整課程，而我修讀的只是半年的課，下半年即由另一位老師替代了。那是因為作為新亞書院的院長，錢師在五十年代中之時，仍可專注於院內的校務和教務，但到了六十年代初，他已因書院要併入中文大學作為三所成員學院之一而非常忙碌，無法多兼教學工作，所以"中國文學史"課只教了半年便沒有繼續下去。

還有一點值得一提，葉師兄是江浙人，他聽錢師課的能力比我們這些土生土長的香港學生強，吸收上比較容易。再加上他的學習精神和學習態度都相當好，所以，他的聽講筆記詳細而精確，可以充分反映錢師的講課內容，堪稱是課堂的實錄。

眾所周知，錢賓四師是著名的學者和教育家，譽滿中外，著作等身。他又非常熱愛自己的家國和中華文化，"九‧一八事變"之後，因應教育部將"中國通史"成為大學必修科以振起國魂之規定，他在大學講授該科，所編寫的講義即成為日後部定大學用書的《國史大綱》。是書不但足以喚醒國魂，亦加深國人對國史的認識，深受知識分子的歡迎，而錢師也奠定了他在史學權威的地位。除《國史大綱》外，他的著述包括《先秦諸子繫年》、《中國近三百年學術史》、《兩漢經學今古文平議》、《莊老通辨》、《莊子纂箋》、《中國文化史導論》、《中國歷代政治得失》、《文化學大義》、《中國思想史》、《國史新論》、《宋明理學概述》、《四書釋義》、《論語新解》、《中國歷史研究法》、《史記地名考》、《中國文化精神》、《陽明學述要》、《中國文化叢談》、《朱子新學案》、《中國文學講演集》等，洋洋大觀，非常豐富。

　　細看錢師的著述內容，都是以史學、經學、文化、思想、考據、理學等範圍的學術性論文為主，屬於文學的，就只有《中國文學講演集》而已。這本《中國文學講演集》，原是錢師有關中國文學的講演紀錄，計共十六篇，1963 年由香港人生雜誌社出版。篇幅雖不太多，但涉及的範圍卻相當廣闊，所提的論點也很深入，頗多獨到的見解。此書 1983 年增加了十四篇，共三十篇，改名《中國文學論叢》，由台灣東大圖書公司出版。除了這些偏重作品欣賞與研究的文章外，錢師也有些情文並茂、感人至深的文學作品，如《朱懷天先生紀念集》、《湖上閒思錄》、《八十憶雙親》、《師友雜憶》、《靈魂與心》、《雙溪獨語》、《晚學盲言》等抒發個人思想與感情之作。顯然地，我們的史學權威、國學大師，一直都沒有忽略對文學的興趣，至於"中國文學史"，更是他經常在教壇上要講授的課。

　　錢師個子不高，但步履穩重，雙目炯炯有神，使人望之而生莫名之畏。加上他在講課時，聲音嘹亮，抑揚有致，徐疾有度。在講壇上往來踱步之間，散發出一股非常獨特的神采。所以，在上他的"中國文學史"課之時，同學們都全神貫注，靜心聽講。他的每一課就像每一個專題一樣，非常吸引。

　　我們新亞有個很好的傳統，就是每個月都有個月會舉行，全校學生都會參加，除了簡單的校務報告外，還會邀請嘉賓或校內老師作主題演講，演講辭都由學生作紀錄，然後刊登在定期出版的《新亞生活》刊物上。錢師是主要講者之一，這些講辭，其後都彙集成書，取名《新亞遺鐸》。此外，錢師也往往受邀到校外機構作專題演講，不論是校內校外，大都有一位同學獲指派替他作紀錄。而在這些同學之中，我們廣東籍的學生往往只是偶一為之而已。就記憶所及，替錢師作紀錄最多的，葉師兄應該是其中極少數者之一。他一直追隨着錢師，也一直好好地珍藏着他所紀錄的錢師筆記。他應該是錢師最得力的助手之一。早前他在報刊所發表的錢師論經濟、《錢穆講中國經濟史》以及《錢穆講學粹語錄》等，都是他積存多年下來的成果。而對錢師學術的傳揚，也可說貢獻良多，居功至偉。

　　如今，錢師講授的“中國文學史”講義就要出版了，這真是莫大的喜訊。尤其像我這麼樣的後輩，只修讀過半年的課而已。現在雖已是垂暮之年，但依然有機會看到錢師完整的“中國文學史”面世，圓了多年未完之夢，又怎能不喜出望外呢？而於葉師兄一再推廣錢師學術、惠益後人的初衷，又怎可以只是向他再三致謝而已呢？ —— 是為序。

陳志誠
香港城市大學語文系前主任及
新亞研究所前所長

葉龍序

　　記得在二零一二年冬某日，在夏仁山學長的介紹下，有幸與新亞老校友黃浩潮、葉永生諸兄一同茶聚，談起我有一份業師錢穆賓四先生的"講學粹語"稿和二十多封錢師親筆函件，還有曾在香港《信報》連載的錢師講課的"中國經濟史"筆記和我本人的撰述，也曾在《信報》連載約有三十萬字的〈歷代人物經濟故事〉。上述多位學兄異口同聲的，都認為值得交給商務印書館出版，這是因為有新亞歷史系的陸國燊校友及同時兼管商務業務的陳萬雄董事長也是校友。

　　不久與陸兄再次茶聚後，便帶同文稿邀我同車回商務見負責出版中文書籍的總編毛永波先生。到了商務總部，國燊兄把所有上述稿件全部交給永波先生審閱並由他作出決定。由於永波先生是資深出版家，對兩岸四地的中文出版狀況瞭如指掌，由他即時決定先出錢師講的"中國經濟史"，然後再出"錢穆講學粹語錄"，於是 2013 年 1 月在香港出版了前者，後者於同年 6 月出版時，《錢穆講中國經濟史》在香港已第二次印刷，反應相當好。至於國內的簡體字版也於 2014 年 1 月在北京後浪書店發行，頗受各界人士的歡迎，本人也收到該書店多套贈書，到了 3 月份已印刷達五次之多。可能因為發行網廣，幾個月前，有友人在新界大埔也已看到有書店在售賣簡體字本的"中國經濟史"了。

　　錢師的課堂經濟史稿之所以頗受歡迎，除了錢師講學有其獨特與精彩的見解以外，得加上國內經濟界名人林毅夫先生的作序品題，還有據香港資深時事評論家丁望先生早前曾在香港《信報》撰文報導：有北京劉亞洲將軍對錢師加以讚揚，說錢師在經濟史和他的其他史著中，闡述分析中國古代執政者之所以不能戰勝常來騷擾的匈奴與羌人等民族，是由於我國北方與西北有大高原，而遊牧民族卻善用騎兵能征慣戰，而漢族人民以農耕為主，不諳騎兵作戰，以致常吃敗仗。直到漢武帝亦懂得養馬習騎，才把匈奴、羌等少數民族征服，國家才得統一。當然現在我國已是五十多個民族大團結，早已沒有遊牧與農耕之別。舊說農、工、商、學、兵，現在行業更多了，大家各自在其本位上努力着。

錢師講的"中國經濟史"造成了各方的轟動，連月來有北京的、成都的以及廣州和深圳的報刊記者來訪問我，有的還來了多次，並在上述各地報章大篇幅加以報導。在下在此衷心表示感謝，大家都是在同一目標下，為要把中華學術文化加以發揚光大，為要把錢師所擁有的滿腹經綸，讓沒有能在新亞書院聽過課的同胞都能得到分享。錢師一生絕不重視衣食住等各方面的物質享受，他心中只有一個念頭：他只希望我們每一位中國人能多讀一點中國的典籍，能多學習一些中國的歷史文化，讓我們知道中華民族是何等的偉大，他就於願足矣。

說實在的，錢師無論講哪一門課程，都有他精彩獨到的見解，他在新亞開的課據我記憶所及，有中國通史，還有中國的秦漢史、文化史、思想史、經濟史、文學史以及社會經濟史、論語、孟子和莊子等；至於在新亞研究所錢師還開了"韓(愈)文"與"詩經"，那是必修的。同時他在戰前北大等校，八年抗日戰爭時期在西南聯大、武漢研究所諸校及抗戰勝利後在江南大學，以及在台北文化大學碩士、博士班等校授課，據我所知他尚有開講中國近三百年學術史、中國政治制度史、中國史學名著選讀……等課。近日我重讀錢師講的"中國文學史"，覺得他對歷史地理也滾瓜爛熟，他還指出太史公因不熟悉歷史地理，把古人的著作寫對的當作寫錯來看。錢師是應該可以開"中國歷史地理"的。其實，錢師沒有把握絕不會開那麼多科目，錢師常說，一個人並非大學畢業就算是完成了，也不是讀了一個碩士甚至一個博士學位就成功了。讀書是一輩子的事，做學問是終生的事業。錢師就是希望我們要向他學習，他用一生的精力，把中國的經、史、子、集都讀通了，所以他講任何一門課，必定有其獨特的見解。

近期友人常有勸我，尤其是唐端正學長及夏仁山學長多次敦促我把錢師講過的課堂筆記整理出來，好讓大家都可以閱讀。由於當年其他同學聽了錢師的課，雖然也有做筆記的，但都不夠詳細，首先使我想到的便是錢師 1955 至 1956 年講的 “中國文學史”。為甚麼呢？我雖有讀 “哲學教育系”，讀新亞研究所的碩士論文是 “孟荀教育思想比較”，但研究所畢業後，我留校擔任助理研究員，是錢師指導我研究中國古代文學多年，直至 1963 年錢師辭職前一年。雖然我又在 1969 年新亞加入中文大學後重讀了一個主修中國歷史的榮譽文學士，但後來經錢師向羅慷烈師多次推薦，終於在香港大學中文學院完成了碩士和博士學位，而且都是主修中國古典文學。更湊巧的，當我獲得博士學位不久，香港佛教會的寶燈法師邀請我擔任能仁學院（按：此校在台北教育部立案）院長並兼哲學及中國文史研究所所長。但當時台北教育部規定，副教授可擔任代院長，正教授才可任院長。我雖在新亞教過大一國文七年，但只是一個兼任講師，後來在 1972 至 1974 年擔任嶺南書院中文系專任講師兼助理訓導長時，仍未得到副教授資格，於是港大的兩個高級學位正好派上了用場，我先是用港大博士論文，經台北審查獲通過得副教授資格。因副教授只能做代院長，而我的大專服務年資已夠長，於是再將我尚未公開發表的碩士論文〈王安石詩研究〉，再送台北教育部申請升等，更奇妙的是，經嚴格審查通過獲升正教授，使我擔任了名正言順的院長。這裏得感謝羅慷烈師對我攻讀碩士的悉心指導，並妥善安排我攻讀港大博士學位，終於順利完成，使我難忘師恩。

由於上述因緣，我先整理錢師的 “中國文學史” 講稿會比較輕鬆些。當我讀到這本筆記本第一篇 “緒論” 的最後兩行字時，內心感到高興，錢師以肯定的語氣說道：

　　"今日我國還未有一冊理想的文學史出現，一切尚待吾人之尋求與創造。"

　　上述這段話，我當時如實記錄下來，沒有增添減少，其用字修辭甚至造句，絲毫沒有改動。使我高興的，是 1955 年 9 月某日，錢師開講的第一天，他竟説出："過去還沒有出現過一本理想的文學史。"因錢師一向是説話謹慎謙虛的，説出這句重話豈不是會得罪好多曾經撰寫並出版過"中國文學史"的學者或教授？無論如何，過去寫中國文學史的作者除非他心胸寬宏大量，不然，他們內心一定會感到不舒服的。但是，錢師當時如此批評，實在少見。我和一羣同學多次在課餘時圍着聽錢師教誨："你們讀了我的《國史大綱》，還可去多看些別人寫的'中國通史'，可以作出比較，看看有甚麼不同的地方。"接着的一句大意是："你們自己去選擇吧！"這一類的話。但使我高興的，便是由錢師來講"中國文學史"這門課，必定有它獨特之處，亦即是錢師所講，必定有他創新的見解，讓我們可把過去曾看過的其他"中國文學史"作出一些彌補。錢師並不是説，憑他個人講堂授課，可以把"中國文學史"講得十全十美，他是肯定的説："一切尚待吾人之尋求與創造。"這裏錢師明明説並不是靠他個人可以力挽狂瀾，乃是要靠大家共同來努力，要靠大家一同來尋求，一同來創造，以達到成功之路。記得哈佛大學的楊聯陞教授有一次參加新亞研究所的師生月會報告，錢師也在場，他曾説："世界上沒有一本著作是十全十美的。"但錢師在"中國文學史"有關重大問題上卻可作出自己的見解，這便是有益後輩。

　　舉例説，錢師是非常欽佩，可説是非常敬佩朱夫子(熹)的，不然，錢師也不會在晚年用他十年八載的精力來撰成《朱子新學案》，連他的知己好友羅慷烈教授也談到錢師的一生代表作時説："錢先生，自從晚年完成《朱子新學案》後，他早先被譽為權威著作的如《先秦諸子繫年》、《兩

漢經學今古文平議》以及《國史大綱》等名著，都得讓位了。"錢師在
講"中國文學史"的《詩經》時，雖然對朱子也有讚語，他說："朱子解
釋《詩經》有創新之意。"意即朱子有與前人不同的解釋，但錢師也毫不
客氣的指出朱子有時解釋《詩經》也有錯失。因為朱子只用直指其名直敍
其事的"賦"來解釋《詩經》，而錢師認為解釋《詩經》可有兩種方式，他
為取信於聽眾，舉出中國文學史上三個不同時代和作者的文學作品來證
明，使人無懈可擊，這就是錢師所持有的"吾愛吾師，吾更愛真理"的做
學問態度。

　　錢師的著作，也不是沒有疏誤，他在向我們講"中國通史"時，多次
講起他曾請呂思勉先生為其《國史大綱》校閱一遍，還請繆鳳林教授校正
該書的疏誤，並在再版時一一加以訂正。錯就是錯，錯了就得改，沒有客
氣講。錢師指出太史公司馬遷講到《離騷》時，他不識歷史地理，以為古
人把地名寫錯了，還把原文對的反而改為錯。錢師指出我國古代的山名水
名都有特別的意義，誓如"霍山"這個山名，在我國的安徽與山西均有霍
山，小山為大山所圍叫"霍"，所以都有"霍山"，故"霍山"只是一普通名
詞，並非專有名詞。又如"洞庭"這個湖名，並不限於只有湖南省才有，
即是凡是有"此水通彼水的現象"者，都可以稱為"洞庭"，因湖南的"洞
庭湖"通湘、資、沅、澧諸水；但太湖亦有洞庭湖之稱，因為太湖是通黃
浦江、吳淞江等多條水，所以太湖也可稱"洞庭湖"。錢師說：太史公把
《楚辭漁夫》篇所說的"寧赴湘流而葬江魚之腹中"一句，認為有誤，特改
為"寧赴常流"，其實"湘流"並不錯，倒是改為"常流"卻是錯了。司馬
遷以為"湘水"在湖南，怎麼人在鄂（湖北）卻會在湖南的湘水自殺呢！錢
師指出此篇是屈原居漢北時所作，所說之"湘流"，實是指"漢水"，而並非
"湘水"。這就是錢師的博學而無所成名。講文學史亦得要義理、考據和辭
章三者兼顧，不但要講其歷史演變、創作目的和字句修辭，而且還要了解
歷史地理，懂得校勘學，所以讀書做學問真不容易，少一瓣就會出錯。

　　一部中國文學史，等於錢師平常所講的，它包括了唱的和說的文字，即包括原始詩歌和故事小說，還有做的文學如舞蹈戲劇，以及正式用文字寫成的文學，單是文字方面的作品，三千年來如此眾多的作品和作家，欲在一年的課程中來加以詳細闡析所有作品，當然並非易事，但錢師每逢遇着時代大轉變，而大家對某一類重要創作，在意見上有重大分歧時，他必定會作出明確的決斷，並提出有力論證，使人心服。

　　錢師做學問的一貫主張是：歷史應還其本來面目，不能曲解事實。不可貽誤後人。不過有一點可以補充說一下，錢師自己說曾在新亞時講過兩年文學史，但他校務冗忙，沒有把學生課堂筆記本加以整理改定。我聽錢師這門課是在 1955 年秋至 1956 年夏，錢師還查閱過我們的筆記，兩次是由助教查看，給了我高分。一次是錢師自己查閱，只用紅筆寫了"五月四日"。如果當時錢師欲改定筆記本，很可能會取用我的筆記本，因為只有我全懂他的無錫國語，可惜他當時忙不過來。錢師還說曾講了兩次，我又在 1958 至 1959 年 4 至 6 月這段時期聽錢師講宋元明清時代的文學史，那正是我攻讀研究所時期，有空就去聽，約有十多次，也記下了些筆記。最後，我把錢師親自擬的兩次文學史考試題目，都附錄於後，一次是 1956 年 6 月期終考試題目；一次是同年畢業考試試題，如果我們能夠根據錢師全年所講的，溫習後圓滿作答，那也是錢師希望我們學習的(當然我們能多看參考書最好)，那我們對中國文學史也可以明瞭得一個大概了。但錢師說過，研究文學史是一輩子的事，希望吾人來共同尋求與創造。同時，本記錄稿難免有疏失之處，文責應當由筆錄者來負。尚祈各方賢達不吝指正。

　　今將錢師親擬兩次試題抄錄如下：

1956 年 6 月"中國文學史"期終考試試題：
(一)曹丕在中國文學史上之地位如何？

（二）兩漢文學風格不同，此與社會有何關係？

（三）《昭明文選》之取材標準如何？其在文學史上有何意義？

（四）試略述唐以後歷代散文之發展及其代表人物。

（五）中國小説至唐始盛，其原因安在？

（六）試述詞與曲產生之原因。

1956 年 6 月"中國文學史"畢業考試試題：

（一）試述漢以前散文文體之變遷。

（二）《楚辭》之產生與《詩經》有何關係？

（三）（與期考第 2 題完全相同）

（四）何以謂建安時代為中國有文學自覺之始？

（五）試述《昭明文選》與《古文辭類纂》兩書在文學史上之意義與價值。

（六）唐詩分為幾個時期？各時期之代表人物為誰？

（七）試述韓愈在中國文學史上之價值。

（八）詞之產生原因安在？其題材與對象與詩有何不同？

葉龍序於香港青衣島

2014 年 4 月 8 日

2014 年 12 月 28 日訂正

1989 年 12 月 28 日葉龍拜謁錢師於台北
素書樓。錢師卒於 1990 年 8 月 30 日。

1988 年 8 月 19 日，葉龍到
台北探望錢師。

目　錄

第一篇　緒論

所謂史者，即流變之意，有如水流一般。吾人如將各時代之文學當作整體的一貫的水流來看，中間就可看出許多變化，例如由唐詩演變下來即成為宋詩和宋詞是也。

以植物言，植物是有生命的。水似無生命，但水有本源，故由唐詩之變宋詞，如貫通來看，兩者實二而一，故通常說詩變成詞，這便是淵源，即是同一流，要明此說，就得分別了解詩、詞及其中間之變化過程。

吾人如要講文學之變化，須先明白文學的本質；文學史是講文學的流變，即須由史的觀點轉回來講文學的觀點。

唐詩之所以變成宋詩(詞)，有其外在和內在之原因。由於時代背景不同，因此，我們又得自文學觀點轉入史學觀點了。故講文學應先明白歷史，並非就文學講文學，文學只是抽出來的，並非單獨孤立的。

再進一步說，我們不但要說明文學之流變，而且還要能加以批評。

至於文學的價值，不僅在其內部看，還要從其外部看。例如兩漢文學之成為建安文學(按：此處之 "建安文學"，錢師是指曹操、曹丕及曹植三父子)，必有其原因，不能用政治來講，當時之政治亦由兩漢之統一變為分裂，但是不能用政治史來說明文學史；建安文學如何興起，則可先講建安時代。

文學是一種靈感，其產生必自內心之要求。從東漢時代到三國時代，其人情、風俗及社會形態都不同了，故思想、觀念、信仰及追求之目的亦都不同了。故文學亦變了。例如曹操身為統帥，但卻輕裘緩帶，與前人不同；此皆因生活情調、風俗觀點都改變了。又如唐人愛用五彩，宋人則喜用素色簡色；唐代用彩畫，宋則用淡墨，風格自各有不同。

　　文學是文化史中的一項，而非政治中的要目。文化史則包括文學、藝術、宗教及風俗等各項。

　　又如唐代韓(愈)柳(宗元)之古文運動，則單講政治背景便不夠，所謂韓愈文起八代之衰，那麼我人應先讀《昭明文選》，然後才來讀韓文，如此才能容易了解，這就是先要加以比較。我們學習文學史，亦需要加以比較。我們如亦想讀西洋文學史，也可以與中國文學史來比較，一比之下，才可知道中國文學史有其獨特的面貌。

　　直至今日，我國還未有一冊理想的 "文學史" 出現，一切尚待吾人之尋求與創造。(按：錢師此處所説 "直至今日"，是指他開講這門課程的 1955 年 9 月初的一天。)

第二篇　中國文學的起源

文學的起源是詩歌，亦即韻文先於散文，西方亦然。東漢鄭玄說：
"詩之起源，諒不於上皇(三皇)，軒轅以來，載籍亦蔑云焉。"
照鄭玄所說，詩應起源於唐堯虞舜之時。茲將相傳為堯時之〈擊壤歌〉及舜時之〈卿雲歌〉，錄記於下：

(一)擊壤歌(此歌出自《帝王世紀》)

"日出而作，日入而息，
鑿井而飲，耕田而食，
帝力於我何有哉！"

(按：帝王世紀，帝堯之世，天下太和，百姓無事，有老人擊壤而歌。帝堯以前，近於荒渺，雖有〈皇娥〉、〈白帝〉二歌，係王嘉偽撰，其事近誣，故以〈擊壤歌〉為始。)

(二)卿雲歌(此歌出自《尚書‧大傳》)

"卿雲爛兮，糺(糺字同糾)縵縵兮，
日月光華，旦復旦兮。"

(按：旦復旦，隱喻輝代之旨。《尚書‧大傳》：舜將禪禹，於是後人百工相和而歌，卿雲帝倡之八佰咸稽首而和，帝乃載歌。)

上兩詩錄自《古詩源》，但這兩首詩歌，也已無法考訂。其他所謂伏羲、神農時之作品，更不可靠，要講文學，只能自《詩經》三百首講起。

第三篇 《詩經》

古人説："詩言志，歌永言，聲依永，律和聲。"這裏對詩和歌等已下了一個定義。

《詩經》大概自西周起，其創作之年代約在西曆紀元前 1185 至 585 年之間，歷時六百年之久，可説是三千年前之文學作品。

中國文學的發展是慢遲緩篤的。《詩經》的話很美，如：

"一日不見，如三秋兮！"

這是三千年前的話，也説明古人已懂得美化用字，不用"三年"，而用"三秋"，用"秋"來代替"年"字，這詩今日讀來仍很樸，很美，只要把"秋"字稍經解釋，連小學生也都能了解。

又如：

"昔我往矣，楊柳依依，

今我來思，雨雪霏霏。"

這首詩是講古人打仗，但與西方荷馬史詩之風格意境完全不同。"思"是虛字，是一聲符，即滬語"哉"之意。（按："今我來思"一句，滬語便是"今日我來哉！"即粵語"今日我來啦！"即"哉"與"啦"是同一意義的虛字和聲符。"今我來思"亦可譯作"現在我來哉"，但原句並未指明年月日，故怎麼譯都可。又如浙江紹興話，亦與滬語之"哉"完全相同。）至於這裏的"雨"字，可作名詞或動詞用，但"依依"兩字，今日實在無法譯成較妥當的白話。"楊柳"代表惜別之意有三千多年，樹枝搖動有親近之意，可以説，西方並沒有如此傳統的文化。中國三千年之古典文化，其簡明有如此者。

詩有六義，即全部《詩經》共有六義，即"風、賦、比、興、雅、頌"。（按：錢師講六義之次序如上，並非一般人所説之風、雅、頌、賦、比、興。)朱子説："風、雅、頌為聲樂部分之名，賦、比、興則所以製作風、雅、頌之體也。"即是説，風、雅、頌是詩之體類分別，是文學的體格，賦、比、興是作詩之方法，文學的技巧。朱子又説："風大抵是民庶之作，雅是朝廷之詩，頌是廟宇之詩。"即是説，"風"是社會的，"雅"是政治的，"頌"是宗教的。

詩是採詩之官採來的。故説："孟春之月，行人振木鐸，徇於路，以采詩，獻之太師，比其音律，以聞於天子。"

如此所採來的詩就是國風。又説："國者，諸侯所封之域；風者，民俗歌謠之詩，謂之風者，以其被上之化以有言，而其言又足以感人，如物，因風之動以有聲，而其風又足以動物也。古者採詩之官，王者所以觀風俗，知得失，自考正。"

故當時之詩，一言以蔽之，是由政府所彙集，故有政治意味。

現將《詩經》之六義簡釋於下：

風：有十五國風，是民間地方性的，有關風土、風俗之記載，《詩經》以這部分較易讀。

雅：分小雅、大雅兩種，用中國的西方口音來唸；因周代當時所統治之中央政府在西方。當時之陝西音成為流行之官話，是政府性的，全國性的。"雅"比"風"難讀，"大雅"尤其難讀。

頌：頌者，容也，美盛德之形容，有周頌、魯頌和商頌，共三頌。

賦："直指其名，直敘其事者，賦也。"此為朱子所解釋。

比：朱子説："引物為比者，比也。"

興：朱子説："託物興詞，如關雎兔罝之類。"

"賦"是直指其名，直敘其事的意思。今舉"賦"的例子如下：

例(一)

"葛之覃兮，施於中谷，

　　維葉萋萋，黃鳥於飛，

　　集於灌木，其鳴喈喈。”

葛是蔓生植物，排生於谷中。萋萋，盛貌。灌木是叢生短樹。覃，音潭。喈，音幾。

　　例(二)

　　“采采卷耳，不盈頃筐，

　　嗟我懷人，寘彼周行。”

采，摘也，采采即採了又採。卷耳，是植物名。寘，置也。周是大家跪，行是大道，周行即大家在大道上跪着。

　　“比”是引物為比的意思。今舉“比”的例子如下：

　　“螽斯羽，詵詵兮。

　　宜爾子孫，振振兮。”

螽，音終，螽斯是蝗蟲之一類，羽，指翅膀。詵詵，和集貌，詵，音辛，多也。振振，興盛貌。

　　“興”是託物興詞的意思。今舉“興”的例子如下：

　　“關關雎鳩，在河之洲，

　　窈窕淑女，君子好逑。”

鳩是鴿子，鴿慣常是一對對的相處在一起，故託鴿興起淑女君子，並非君子在河上見到洲中之鴿就想到女孩。

　　所謂“興”者，發起也，動作也。

　　“大雅”與“三頌”（即周頌、魯頌與商頌），都是純賦體，“小雅”與“國風”，則比興較多。朱子以前所注《詩經》有毛公詩，但毛公在詩三百中，指出其中116首為興，但未說賦與比。

　　宋代王應麟《困學紀聞》引李仲蒙說賦比興云：

　　“敍物以言情，謂之賦；情盡物也。

索物以記情，謂之比，情附物也。

觸物以起情，謂之興，物動情也。"

意即無論是賦，是比，或是興，均有"物"與"情"兩字。記的是物，卻是言情，所謂記情、起情、言情，就是融情入景，故詩三百者，實即寫物抒情之小品。中國人的抒情方法是敍物、索物和觸物，不但《詩經》，即屈原之《楚辭》及漢時鄒陽之辭，比物連類，也都是用這比興的方法。

俗語說："萬物一體"，這是儒、道、墨、名各家及宋明理學家都會講到的。意即天人合一，也即大自然和人的合一，此種哲學思想均寓於文學中，在思想史中卻是無法找到這理論的。我們任意舉兩句詩，如："狗吠深巷中，雞鳴桑樹顛。"當我人沉浸在此種情調中時，但不能說是寫實文學，因為它不限時、地、人；也不能說其浪漫；且狗吠雞鳴亦非泛神思想，亦非唯物觀，此乃人生在大自然中之融洽與合一，是賦，對人生感覺到有生息有興象之味，猶如得到生命一般。

陸放翁到八十多歲時，仍不斷寫詩，他永居鄉村，寫的詩等如他的日記，吾人讀時，如入妙境。

又如《詩經》中有一首云：

"昔我往矣，楊柳依依；

今我來思，雨雪霏霏。"

此詩並非專說時令與自然，乃將自己心情與大自然融化合一，雖是賦，但其實卻含有比與興的意義在內。此即將人生與自然打成一片。從其內部說，這是天人合一、心物合一的性靈，從其外部說，這是詩的境界。

又如"好鳥枝頭亦朋友，落花水面皆文章"兩句亦然，這並非唯物論，因有心情境界，但亦非唯心，亦非浪漫與寫實，且非抒情，但卻含有情。吾人如欲了解此種詩境，必須先懂賦、比、興，是到了天人合一、心物合一的意境。這與西方文學不同，西方之神性，乃依靠外在命運之安排，故鬧成悲劇。如《鑄情》，馬克思要打倒並掌握自己命運，要打倒敵體，決不能和平共存，故不會有天人心物合一，亦不會有如"好鳥枝頭亦朋友"那樣的詩。

中國的文學，如以戲劇來說，是無有悲劇，《紅樓夢》亦只是解脫而已，多數是走向團圓之路，所以無史詩、無神話、無悲劇。

吾人如讀中國的一切文學作品，一定要先懂得賦、比、興的道理，並且最好是先讀《詩經》。孔子喜歡《詩經》，而且尤愛"二南"。所以他常獎勵學生要多讀《詩經》，他說："詩可以興，可以觀，可以羣，可以怨，可以事父，可以事君，可以多識於鳥獸草木之名。""興"是有開放、啟發、啟示之意，凡見任何物均可開啟心胸；"觀"指人生觀、宇宙觀；"羣"是指人與人之間相處，使能適應社會。因《詩經》是天人合一的，讀了《詩經》，即使怨也會怨得得當；事奉長輩很難，但讀了《詩經》便會懂得如何事君事父，並且還可以多些認識自然界的鳥獸草木等各種生物，才可與大自然合一。

不過，我人學《詩經》時也會有難處，我們不能光是就文字表面去看，而應先用內心領悟體會方可得其真意，這裏且引用孔子與其學生對話兩節如下：

（一）

子貢曰："貧而無諂，富而無驕，何如？"

子曰："可也，未若貧而樂，富而好禮者也。"

子貢曰："《詩》云：'如切如磋，如琢如磨'，其斯之謂歟？"

子曰："賜也，始可與言《詩》已矣！告諸往而知來者。"

照上述對話看來，《詩經》是有性靈的，讀時不能拘泥於句子。所以讀詩難。

（二）

子夏曰："'巧笑倩兮，美目盼兮，素以為絢兮！'何謂也？"
（按："倩"指"酒窩"；"盼"指黑白分明；"素"指塗了白色之粉。）（此按語均為錢師當時所解釋，以下同。）

子曰："繪事後素。"

子夏曰："禮後乎？"

子曰："啟予者商也，始可與言詩已矣。"

這裏孔子說的"啟予者商也"，意思是"興起我的是商（子夏）啦！"意即要有了本質，才加上文采，禮要有本，一切打扮在後，先有本後才有末。

讀《詩經》是有方法的，先要養成自己的性靈，今舉詩為例如下：

"緡蠻黃鳥，止於邱隅。"

子曰："於止，知其所止，可以人而不如鳥乎！"

意即鳥知道停止的處所，而我們的身卻不知停息於何處，心更不知了。此處的作法是取出其中兩句斷章取義。此為作文方法之一，是可用的。

孟子也曾告訴我們如何讀《詩經》，他曾講過一段話，對我們有很大的幫助，他說："不以文害辭，不以辭害志，以意逆志，是謂得之。"此處所說的"文"是指一個字，所說的"辭"是指一句。意思說，讀《詩經》時不可一字一句的照字面直講。所謂"詩言志"，其實是抒情，即欣賞中國文學時，《詩經》亦然，其方法是要心領神會，並必須迎合作者之情意。

今日國人對《詩經》的看法有兩種：一為直接就字面來看；一為就其作意義來看，當然以後者為正確，今且舉例以明之。

"彼狡童兮，不與我言兮，
維子之故，使我不能餐兮，
彼狡童兮，不與我食兮，
維子之故，使我不能息兮。"

此詩單就字面看，是說有一女孩因失戀而感痛苦，但其實是一種用比興的寫作方法，另有其作意在。故讀詩之前，必須先看其序，先須知道其寫詩的原因。古人注釋《詩經》有韓詩、齊詩、魯詩及毛詩等四家，毛詩云：「刺忽也。」可參看《左傳》，說是諷忽公子。朱夫子卻反對此說，認為此詩是謠詩，朱子對《詩經》之解釋有革新之意。如照字面來解釋，我人亦可讀朱著，但我們又必須明白，有的作品並不能照字面來直解。今舉例如下：

例（一）：唐張籍〈節婦吟〉：

「君知妾有夫，贈妾雙明珠，
感君纏綿意，繫在紅羅襦；
　　　＊＊＊
妾家高樓連苑起，良人執戟明光裏，
知君用心如日月，事夫誓擬同生死；
　　　＊＊＊
還君明珠雙淚垂，何不相逢未嫁時。」

以上這首詩並非如字面所說是描寫談愛情，其實是「卻聘」。他在幕府工作，卻有第二處聘請他。這是詩人吐屬。因此「彼狡童兮」亦並不一定指女子失戀，朱子所解釋可能有錯。又從此詩可見做人道理是要溫柔敦厚，此種人才是可以羣、可以怨。

例（二）：唐朱慶餘〈近試上張水部〉：

「洞房昨夜停紅燭，待曉堂前拜舅姑。
含笑低首問夫婿，畫眉深淺入時無？」

這首詩也並非實有新婚，只是考進士前請先輩閱其佳作，冀得好印象以博得取錄也。

例(三)：溫飛卿之詞〈菩薩蠻〉：

"南園滿地堆輕絮，愁聞一霎清明雨，

雨後卻斜陽，杏花零落香。

    ＊＊＊

無言勻睡臉，枕上屏山掩，

時節欲黃昏，無憀獨倚門。"

這首詞上段說景，下段說人，"絮"為楊柳花，花落即指晚春。比喻美人
遲暮，是最高的比與興。此詞從字面來看，是說一位三十多歲的婦人，
心情痛苦無聊，卻仍有春光，寓有意境，又有雅興，使人深受感觸。讀
前人詩詞，一定要懂得比興，其實此詞是溫飛卿自己悲士不遇感無聊耳。

    從上面數例說明，我們讀古人詩詞時，不能照字面直解，其實各有
其委婉曲折之深意。所以魏源在他的《詩古微》中說："詩有作詩者之
心，有采詩編詩者之心；有說詩者之義，亦有賦詩引詩者之義。"
所謂"奇文共欣賞"，欣賞的心情等於第二次的創造。如"昔我往矣，楊
柳依依……"，此詩對每一位欣賞者均可作出不同的創造，故永遠是活
的文學。

第四篇 《尚書》

我國文學史與西洋文學史有極大不同之點。我國重散文，次為韻文。在中國，散文可能更先成為一文學體系。西洋的散文以小説為大宗，中國的散文則以歷史為大宗，因中國向來以史當作文學看。所謂左史記言，右史記事，普通説，《尚書》記言，《春秋》記事，為我國古代兩大史書，它們在文學上均有很高的地位。

中國古代散文特徵既然是史，史是客觀的，記言記事，因而以歷史當文學，故小説與戲曲就不發達了。

我國古代除韻文的《詩經》為主以外，尚有以散文體的《尚書》，兩者是並重的。

《尚書》有今古文之別，古文《尚書》晚出，是偽的；今文《尚書》由古代傳下，是真的。如果按照近代的疑古運動派的説法，則今文亦是偽的。其實，今日已可決定今文為真。今文《尚書》中之〈堯典〉、〈禹貢〉均為極早之作品。〈堯典〉應為戰國時作品。

《尚書》中最可信的作品是商代的〈盤庚〉，商代有一國王自黃河以南搬遷到黃河以北之河北省彰德府安陽縣，即今日稱為殷墟的出甲骨文之處。自盤庚始至商紂止，殷商立都達二百餘年，當時盤庚遷都遭百姓反對，故特寫此文 ──〈盤庚〉上、中、下三篇以曉喻人民，實為最真實之演説詞，但為最難讀之作品。

至於《尚書》中正式像樣可講的要從西周起，因為虞書(〈堯典〉)、夏書(〈禹貢〉)、殷書(〈盤庚〉)均有可疑之處。正式之我國文化起源可説自西周起，因《詩經》與《尚書》均出自西周。

從西周開始，《尚書》中之作品有：

〈牧誓〉：説明武王伐紂，牧野誓師。

〈武成〉：説明周武王如何滅商紂。

孟子云："盡信書不如無書，我於〈武成〉，取二三策而已矣！"一策即一竹片，約有三數十字之多，因該文其中有"血流漂杵"一句，實對戰勝之描述誇張過甚。但由此可證明〈武成〉在孟子時已有。

〈洪範〉：説明商為周武王滅後，商之箕子不屈流韓，後又為武王召回，箕子所説一番話即曰"洪範"，但有可疑之處。

〈金縢〉：説明武王病時，周公禱告願代武王死，史官將此禱文及記載裝入金縢中保存之。

〈大誥〉：文王封周公兄管叔，商後人武庚作亂，周公東征，大誥即是用兵宣言，以此詔告天下。

〈康誥〉：周武王時封康叔於魏時之告誡語，封於商之彰德府。

〈酒誥〉：商人嗜酒，武王告康叔戒之。

〈梓材〉：此文亦係武王告康叔。

〈召誥〉：説明建都陝西鎬不方便，故再建都洛陽，派召公去洛，召公有言，請周公告周武王。

〈洛誥〉：洛邑建成後，商人降周者，周公作宣言，記造新都事。

〈多士〉：説明建造洛邑後，周公告商後人。

〈無逸〉：周公告各姪兒勿偷懶。

〈君奭〉：周公與奭公談話。

〈多方〉：周公東征勝利後告各國。

〈立政〉：周公告周成王。

〈顧命〉：周成王之遺囑。

上述諸文件，均為研究周代之重要史料，我們如不能全讀，亦應該讀其一二篇，此即嚐鼎一臠之意。

綜言之，我國古代韻文易讀，而散文古拙難讀。故《詩經》易讀而

《尚書》難讀。此處要説明者，是《詩經》經過沙濾作用而與政治結了不解之緣的，此為與西方文學不同之點。

第五篇 《春秋》

《春秋》這本書較《詩經》、《尚書》遲出，孟子説："詩亡而後春秋作。"《春秋》是記事的，看起來像現在的電報，極為簡要。它似乎不像是文學作品，其實不然。此書卻句斟字酌，有其文學意味，亦有其法律性。孔子《春秋》亦可説是我國修辭學之開始，如果我們讀《春秋·公羊傳》與《春秋·穀梁傳》，便可知句斟辭酌的道理。例如：

孔子《春秋·魯僖公十六年》云：

"隕石於宋五，六鶂退飛過宋都。"

此為孔子當時記載魯國氣象之大變化情形，雖僅十二個字，但用字造句卻大有考究。"隕石"即是落星石，"退飛"是指鳥受大風之阻力，其翅膀不能自主的返退而向後飛。且用"宋"與"宋都"又大有分別，"隕石於宋"是指落在宋國境內而並非"宋都"。

又：《公羊》與《穀梁》之講"五石"與"六鶂"，兩書各有其道理，何以不説"隕五石於宋，六鶂……"，此處不把石之數量放於前面，乃是因為可能他處尚有隕石，如説"隕五石"，即無法示意尚有他處之隕石也。又：如寫作"鶂退飛過宋都六"亦不通。清儒顧炎武亭林説："此臨文之不得不爾。"意即照修辭學上之法律觀點來寫，才算正確。顧亭林又解釋道："非史云'五石'而夫子改之'石五'，史云'鶂六'而夫子改之'六鶂'也。"顧氏不信公羊、穀梁所説，認為文理所當然，並非孔子所改也。

"隕石於宋五"一句，無主詞。"六鶂退飛過宋都"一句，"飛"為動詞，"退"為被動詞，故"六鶂"實為假主詞。

又如《春秋》首句：

"春王正月。"在《公羊》與《穀梁》中均有詳細解釋,按照公羊,穀梁的說法,孔子修《春秋》是有道理的,故云:"筆則筆,削則削,游、夏之徒不能贊一詞。"因經孔子修正後的《春秋》是恰到好處,改一字即反而不妥。如〈嚴先生祠堂記〉中有"先生之德,山高水長"之句,後來有人將"德"改為"風",成為"先生之風,山高水長",此即所謂一字師,這種就是有斤量之字眼。

《文心雕龍》說:"《春秋》辨理,一字見義。"因此漢代時人有所謂春秋判獄,作為法律判案之用。因《春秋》是法律文字,用字造句是有分寸的,所以是不可刪改的。

《春秋》的筆法是法律性的,客觀性的,有了文學的自覺性,此種自覺性是周公寫時所沒有的。

《左傳》

春秋三傳,包括《公羊春秋》、《穀梁春秋》與《左氏春秋》(或稱《左傳》)。《左傳》是編年體,是歷史記載,不論筆法,但卻是我國古代的偉大文學作品,其中之內容包括描寫戰爭的、外交的,和貴族私生活以及大家庭生活等。

我國文學史上,韻文與散文之演變各有不同之現象,即韻文是漸往艱深的路上走,如《詩經》易讀,到屈原的《離騷》、〈九歌〉則較難讀,再進而到《兩都賦》、《兩京賦》則更難讀;至於散文,則其演變之趨勢是漸往平易的路上走,《尚書》難讀,到《左傳》則較為平易淺近了。

第六篇 《論語》

所謂子，即是指先秦諸子，或稱諸子百家，即是指思想家或稱哲學家，諸子百家所作的散文水準均極高。諸子中之首位即孔子，其《論語》為其弟子所筆記，文學價值極高，更遑論其思想，今例舉如下：

"子曰：飯疏食，飲水，曲肱而枕之，樂亦在其中矣。不義而富且貴，於我如浮雲。"

"疏"，粗也。"飯"，此處作動詞用。孔子這段話，充滿着詩情畫意，"浮雲"是指身外之物的富貴，是儻來之物而已。此段文字的前三句均是在描寫一"窮"字，實含有畫意；最後兩句："不義而富且貴，於我如浮雲。"實含有詩意，這是詩人的胸襟，這叫吐屬。

我們寫文章，不可用土語、俗語，不然會失去意境。如"浮雲"兩字不論何處人均可會意，實有其意境，人人可明白，故孔子說："言之無文，行之不遠。"這段文字可以說是無韻的散文詩。

再舉一例：

"子曰：歲寒，然後知松柏之後凋。"

此句人人可懂，正如在我人眼前活現此景。此話實非真講松柏，其實是"比"，是一種比喻，吾人可比喻作"在患難中可見出朋友的交情"，並且可以此類推，舉一而反三，可比喻任何事物也。

同時，我們又可以知道：孔子並非是嚴肅的板着面孔只講道義，亦非講哲學，而是針對人生生活。所以孔子亦勸人讀《詩經》，此處一句寥寥十字，卻傳流了兩千五百年，這不是教訓，亦並非理論，而是一首詩，一幅畫，因而後人作詩畫用此題材者極多，所謂"歲寒三友"，亦由此句推衍而出，一句話可以點醒你，我們要用文學的眼光來欣賞，才可得其情趣意境也。

又再舉一例：

"子在川上曰：逝者如斯乎，不捨晝夜。"
此處"逝"字形容水之流動，其描寫手法真實而平淡，這是"興"，只是兩句話，形容時間一去不回，人生亦如此。這是何等大的感慨，何等深的意境，使吾人對宇宙人生掀起無限大的感想。

以上是用文學的眼光來說《論語》，如果我們把《論語》中所講的，逐條逐條來學習，則作文必會有大進步。

《論語》以後有《墨子》、《孟子》、《莊子》、《荀子》、《韓非子》、《老子》與《呂氏春秋》諸書，談到先秦諸子，主要的便是這八部書。

《孟子》文章，近似陶淵明；阮籍的文章(指阮籍的詩)，則近似《莊子》，這是中國文學兩大派，孟、莊的文，陶、阮的詩，各有其風格。

金聖嘆曾說，中國六大天才奇書即是《左傳》、《莊子》、《離騷》、《史記》、《西廂記》和《水滸傳》，金氏將《左傳》、《莊子》與《西廂記》、《水滸傳》相提並論，我們讀上述諸書，最好去讀有金聖嘆眉批的，方可懂得文學的描寫。(按：錢師曾談起過，他認為《論語》、《孟子》、《老子》，以及《莊子》，可稱為"新四書"，乃人人必讀之四大要籍。)

我們如以文學史的眼光來看，中國開始的散文性格是歷史性的，一為記言，一為記事。《論語》中有記事的，如"子在川上曰……"。亦有記言的，如兩人的問答體，如"巧笑倩兮，……"，亦有孔子單獨說的；故就文章的體裁來說，《論語》仍是根據記事記言的傳統演變下來，但與《尚書》、《春秋》不同：前者是孔子的私人言行，而後者是對國家大事而言，這是歷史的大進步，亦即由國家大事的記載進步到個人生活的記載，故成了子書，成了史家。

孔子是一位平民學者，但《論語》仍是由《尚書》、《春秋》的傳統一路下來，不過推進了一步。

第七篇　中國古代散文

談到我國古代的散文，可以分作兩個時期。第一期可以稱之謂"史的散文時期"。這一時期的代表作，是《尚書》及《春秋》的《左傳》。《尚書》是記言的，它記下國家領導人所發佈的文告。事實上就是歷史的文件。《左傳》是記事的，它記下歷史的事實經過，也是歷史的文件。

至於我國古代散文的第二期，可以稱之謂"子的散文時期"，它是思想性的，也可以說是哲學性的。這一時期的代表作當推《論語》、《孟子》、《莊子》、《荀子》、《墨子》及《老子》的書為代表。

孔子說："春秋，天子之事也。"因為《春秋》這部書是政治性的，是由史官記錄下來的官書，所以是歷史的散文，但"子"是私家的，屬於社會的，屬於平民的。

關於《詩經》中的風、雅、頌，首先是從十五國風開始，它可以說是平民的詩。至於平民的散文，則是從孔子開始。從其文體來說："子者，史之流變也。"《論語》這部書就是記載孔子的言行；換言之，《論語》是記載私人的言行，記載平民的言行。而《尚書》和《左氏春秋》雖亦是記載言行之書，但卻是具有政治性的，所以是"史"。但"子"亦可以說是由"史"演變而來。

從《論語》開始，我們又可將古代散文分成三個階段，如下：

第一階段

像《論語》這部書可說是散的，是零星的，即是用許多章湊合在一起而編成一篇，但並無連貫的意義。如《論語》第一篇名叫〈學而篇〉，因其篇首的第一句是"學而時習之"，故篇名是無意義的。第二篇稱為〈為政篇〉，因該篇首句是"為政以德"，因此文中各條都可隨便放置，可見當時之人並非要以文章傳世，只是零星記載而已。

《孟子》這本書也是如此，如將"孟子見梁惠王"等湊合在一起而成一章，章名便稱"梁惠王"，同例，以下有〈萬章〉、〈公孫丑〉、〈滕文公〉⋯⋯等各章，亦無章名的意義，只是《論語》的較短些，而《孟子》的較長些。這並不表示孔子的話說得少，只是當時記載簡單了些，簡的則較為難讀，至《孟子》的文章，則已有進步了，讀起來也較易些。

第二階段

如《莊子》一書，已進一步成為假設的對話(寓言)體了。孔子和孟子都有學生記錄他們的言行，莊子則沒有，故莊子自己寫作，且假設如二人對話般的問答(寓言)體，其中河伯與海若講話，實在等於"孟子見梁惠王"，故文體仍相同。從文學史看，《莊子》一書仍不能超出《論語》、《孟子》的同一體裁，但《莊子》一書的進步是其內七篇之篇名都成為有意義了。如〈逍遙遊〉、〈養生主〉、〈應帝王〉和〈人間世〉等諸篇，所以與《論語》、《孟子》已有所不同了。

而且《莊子》之每一篇均可分章，如〈養生主〉一篇，其中第一章叫做"庖丁為文惠君解牛"，以下尚有第二章、第三章等，且不能將甲篇中之一章任意插入乙篇之中，各章均有其整體性；然而都可以分章來讀。不過《莊子》中亦有如用《論語》、《孟子》之篇名方法的，如〈秋水篇〉，便是取其首句"秋水時止"之意。同時，《莊子》之由數章合成一篇，此法與《孟子》相似，但每篇中含有主要的幾章。

第三階段

至於《荀子》這本書，已再進一步發揮其個人整套有體系之思想與意見了。《荀子》中的〈天論〉、〈禮論〉、〈正名〉、〈正論〉及〈解蔽〉等篇，都是整體的一篇,並不像《論語》、《孟子》和《莊子》那樣的用零星的講法了。

在《孟子》書中講到性善論,是零星地散見於其全書各篇中;《荀子》書中敍述性善論則是有一人發議論,有其整體性。這種文體比較像樣而成了體統,故比較《莊子》又向前推進了一步。

到了荀子的學生韓非,他的《韓非子》一書,寫有〈五蠹〉、〈六反〉等篇,也已是整體的論文了。

與荀子同時的公孫龍子,在其《公孫龍子》書中,有〈白馬〉、〈指物〉、〈通變〉、〈堅白〉及〈名實〉等篇,也是一篇文論一題目,都是整體性的。(按:《公孫龍子》一書,《漢書·藝文志》著錄有十四篇,但宋時僅存六篇,除上述五篇為公孫龍親撰外,另一篇〈跡府〉疑為後人所集錄。)

至於《墨子》一書,經考證出於《論語》之後,而在《孟子》之前,其書有〈兼愛〉上、中、下三篇,〈非攻〉上、中、下三篇,所謂"是故子墨子曰",沒有所謂"章",是一篇文章講一個理論。從文章體裁來看,此書應是晚出,可能出書於《荀子》左右之時。總之,〈兼愛〉、〈非攻〉等篇是晚出的,但《墨子》中亦有早期的文章,如〈魯問〉這篇文章,亦是用問答體的方式,與《論語》、《孟子》相似,至於《墨子》一書中之大文章,這是服膺墨子學派的人所謹守的。(按:當年某日課餘,曾向錢師叩問,如讀《墨子》,當讀何家注解為佳?錢師答以:孫詒讓之《墨子閒詁》,王闓運之《校注墨子》以及曹耀湘之《墨子箋》均值得參考。曹耀湘謂《墨子》一書有三大要旨,曰兼愛,曰勤,曰儉。乃墨學精神所在。繼而問錢師道:"老師講課時所謂'墨子書中之大文章'是否指上述諸文?」師亦點首同意。謹附誌於此,以便青年有志者參閱。)

唐代韓愈曾說:"欲辨古書之真偽,當然應先詳讀該書。"讀書要能辨別出該書係哪一時代的文章(或詩),更要能察驗出是清代人之詩卻含有唐代人之詩之風格,能如此,便是達到最高境界矣!

　　再談到《老子》一書，自其外表看來，好像是把零零碎碎的字句拼湊在一起。例如"道可道，非常道；名可名，非常名"一節，其字句猶如《論語》一般，但《老子》是一部哲學著作，其詞句是經過凝煉的格言，有如西方的尼采作品，而且不是用問答體，故境界提高了。故可説明《老子》一書的成書年代當是在《論語》之後，《論語》是將各條湊合成一篇，互不相干，而《老子》卻是凝煉的、有次序的，而是後期的作品，故可斷定《老子》出書後於《論語》。

　　到了秦代，呂不韋作《呂氏春秋》，全書有十二紀、八覽及六論，共二十六篇。全書共二十餘萬言。先説"十二紀"，每紀各有孟、仲、季三篇，如春紀為"孟春紀第一"、"仲春紀第二"及"季春紀第三"，依次類推，夏紀亦有孟、仲、季三篇，秋、冬紀亦各有三篇，每紀下各分五組。如"孟仲紀"下分"孟春"、"本生"、"重己"、"貴公"及"去私"五組，以下十一紀亦各有分成五組之文；每一紀之下的五組文章，都是討論同一科目或種類的有關內容，如"仲夏紀"的五組文章，首組"仲夏"是談到以各種樂器祭祀君王、卿、士以祈求五穀豐登。第二組的"大樂"談到先王制定音樂是基於何種原理，説明音樂可反映天地間的和諧等。第三組的"侈樂"説明用不同的材料造出來的樂器可以發出不同的聲音；並説明古代聖王之所以重視音樂，目的在使人民快樂。第四組的"適音"（一作"和樂"），説明快樂的心才能聽到快樂的聲音，而且特別説明這種"快樂"和"心情"都應有適中的原則。如人的本性喜好長壽、平安、尊榮和安逸，卻反對短命、危險、屈辱和辛勞，如果滿足了所喜好的，消除了所厭惡的，心情就適中了。進而談到音樂的適中，就指出樂器的大小輕重和聲音的清與濁，都必須適中。

　　至於第五組的"古樂"，談到古代聖王製造樂歌及樂曲的目的與過程，也有談及有些聖王還把先前所用的樂器加以改良，如舜時的樂官把十五弦的瑟，增加至二十三根弦的瑟；又如"古樂"中還談及聖王征伐暴君勝利後，命樂官創作新樂章以示慶祝等。

以上春、夏、秋冬共十二紀，每一紀各有五組文章，所講述的次序均不得先後調換。又如"八覽"的每一覽各有八組，"六論"的每論各有六組，都是各類敍述安排有序而不能調亂的。

所以說，以上諸子各家的古代散文，自孔子一直到呂不韋，時代已前後經歷了兩百多年，每一本子書的文體，都隨着時代而有所演進。其中《莊子》和《呂氏春秋》（簡稱《呂覽》）在文體上是較為精進的，但這並不是說《論語》這部書的思想不及其他諸子，這點是各位務必明白的。

第八篇 《楚辭》（上）

　　《詩經》是中國第一部文學作品，但尚未出一位知名的文學家，這是由於《詩經》是一部總集，是一部集體的創作，這批集體的作者個別姓名已經無法知道了。

　　所謂文學的正統代表是“集”，除“總集”外，尚有屬於個別人士創作的“別集”。但由於有些“別集”是無主名的作品，有些“別集”則是不知名的作家，直到《楚辭》產生，因此屈原就成了中國第一位文學家了。

　　《楚辭》雖然也是一本總集，但其中以屈原的作品為最多，根據後代人的統計，認為屈原共撰寫了二十五篇，但這一說法是否正確，仍有待考證，不管屈原在《離騷》一書中佔了多少篇，總之，已肯定可以稱為是一部屈原的別集了。

　　說起《楚辭》，其最著名的一篇當推其首篇《離騷》，在《楚辭》中，有一部分作品乃是屈原一派的學生或其朋友所作。

　　中國古代歷史文化的最早發源是在今之河南、山東、陝西及山西一帶，即是在黃河流域一帶。但楚國是在漢水流域，亦並非長江流域。屈原既是楚國人，故《楚辭》的產生地可說是非中原的。而是南方的；非黃河流域的，而是漢水流域的。

　　《楚辭》是承接着《詩經》演變下來的。我人如要明白《楚辭》，必先知道其源流。這裏再來談談《詩經》，它全書分為四部分，就是風、大雅、小雅和頌，這四部分中比較屬於純文學的，要推十五國風，因為國風的民間社會意味較濃。國風的最先是“二南”（指周南和召南）。這“二南”是孔子所最為愛好的詩，“周南”與“召南”屬於今河南之南陽與漢水北的襄陽一帶（按：由武關出即可到襄陽一帶。再由函谷關出即可至洛陽。），此一地帶氣候暖和，民間愛好戶外生活，山與山之間夾帶着河流平原，這"二南"便是在淮水之北、桐柏山之西處。桐柏山的東南方即陳國，當時此處有"韶樂"，陳國公子曾特此著名的"韶樂"帶到齊國，因此，齊國也懂得了韶樂，孔子曾自魯國到齊國，所以也聽到了韶樂。

《論語》中記載道："子在齊聞韶，三月不知肉味。"亦由此可見孔子愛好音樂，他尤愛南方之韶樂，並勸學生要讀《詩經》，尤其是孔子特別喜愛"二南"。陳公子後來得齊國，名為田齊。

《楚辭》是楚國人的作品，楚國並非在長江流域的荊州，乃是在襄陽，其地承接古代之"二南"，以下再會有說明。

至於《楚辭》中的"兮"字，實是楚人之語音，即是"啊"之意，例如《論語》中有"鳳兮鳳兮"之句，此歌便是孔子到楚國時聞楚人所唱者，所以在《論語》已記載有楚歌，後來楚國的項羽（項羽皖人）由漢水流域搬遷到長江流域，他曾作〈垓下之歌〉道：

"力拔山兮氣蓋世，

時不利兮騅不逝；

騅不逝兮可奈何，

虞兮虞兮奈若何？"

此歌與早前北方地區的歌不同，已大有進步。古人唱詩，到最後一句時必押韻，即所謂一聲三嘆。如江蘇之宣卷一般。

與項羽同時爭天下的漢高祖劉邦亦曾作歌道：

"大風起兮雲飛揚，（此句是興）

威加海內兮歸故鄉，（此句為賦）

安得猛士兮守四方。"

某日，漢高祖命其所愛的戚夫人為其舞，對她說："汝為我楚舞，我為汝楚歌。"由此可見楚人都是能歌善舞的。這楚舞當然與北方的舞不同。

　　陳國的舞是祭神時用的，跳舞是需要能降神的巫師來主持，巫師跳舞時唱起戀愛歌曲，唱到陶醉時便忘其所以，也便變成了所謂神，故這種歌舞可以說是具有三重人格的，與北方的也有所不同。

　　陝西人唱歌，所謂"朱玄疏越，一唱三嘆"。它是帶有嚴肅性的，這由於是祭神時用。南方人唱則變化多，是重複的，並且十分熱鬧。

　　《楚辭》中的〈九歌〉，乃當時巫師祭神所用。當時屈原根據這一原則而作成〈九歌〉。因此《楚辭》並非一人獨講，乃是一種對講。也由此而使屈原藉以寄託其愛國思想。

第九篇 《楚辭》（下）

　　講起文學，可分別從兩方面來講：一方面是時代性的，是縱的；另一方面是地域性的，是橫的。

　　文學是人類從心靈中發出來的表現。它是受着地域的限制，地域方面的最重要者包括氣候和山川、風俗等。真實的文學來自廣大的羣眾，須採自當時某一地域的民間。文學的創造尚需加上技巧。楚辭是地域性的，也是文學性的，是南方文學。

　　文學的地域性來自民間，如《詩經》分風、雅、頌三部，其中“頌”的部分佔很少；“雅”代表着來自陝西的聲音，其聲裒裒然，自有其地域性。“國風”有十五，其聲更多了。關於這方面的，可參看《漢書·地理志》，這是根據不同地域而說明其風土人情。

　　孔子最喜愛“國風”之“二南”（按：“二南”指“周南”與“召南”）。當時的詩可唱，所以文學與音樂有關；孔子尤愛南方的韶樂，有云：“子在齊聞韶，三月不知肉味。”

　　齊國之有韶樂，乃來自陳國。陳在河南淮水流域一帶，為舜之後裔，二南即南陽（今河南）與襄陽（今湖北之漢水流域）。根據古代地理狀況，陳與二南是屬於同一條交通線上。當年楚懷王敗於秦被擄，楚人逃到安徽壽縣一帶，此時之楚人經過大遷徙，已變為安徽、江蘇人矣。項羽自稱西楚霸王，尚有東楚與南楚，逃到湘江流域的是南楚，但人數很少。今日吾人在長沙、壽縣一帶，均可發現楚墓。故有了“楚雖三戶，亡秦必楚”的說法。

　　文字是死的，地域是活的，兩者必須配合起來講，所以如欲懂十五國風，必須先懂得其地域環境狀況。例如南方氣候好，可以常過戶外生活，並有各種舞蹈，因是多神論的，卻並無固定的系統；北方舞蹈卻是有大系統的，敬神而統一的，較嚴肅而刻板，南方重水，有水神，北方重山嶽，拜山神。南方如屈原、伍子胥投水而死，故祭水神時必須用祭物投入水中；北方祭山神則用火燒，使煙上升。孔子之偉大，在於他亦能欣賞南方。陳風與二南是輕靈的，北方的則篤實。

《楚辭》隨着十五國風中的二南、陳風而產生，故其發源之背景是漢水流域與淮水流域，其風土人情自與北方有所不同。

漢代以後的人說，屈原流放到湘江流域，因而以為〈九歌〉是在湘江流域的背景之下而創造的。此說實違背事實真相，〈九歌〉的素材並非取材自湘江之洞庭湖；其實屈原《楚辭》之文學創作背景是源自二南（即襄陽與南陽），即是在湖北而非湖南，因洞庭湖與湘江都在鄂（湖北），只是因地名的遷徙而造成了誤會。

我國任何水名、山名或地名，其命名均有其原因，並非偶然。例如北方的水聲濁，故名稱有“洛”、“河”等音，如名叫洛水、黃河等；南方則水聲清，故稱“江”，如長江等。然則何以稱為“洞庭”呢？因為院子前面的叫做“庭”，是空的，洞者，通也，如稱“山洞”、“洞簫”等，因此水相通者叫“洞庭”，所以凡此水通彼水的均叫“洞庭”；故據說太湖也叫洞庭湖，“洞庭”是個通稱，是普通名詞。我們如去查察地理，便可知長江以北亦有洞庭。這正如安徽與山西均有“霍山”，兩地的山名相同，《爾雅》解釋道：“大山宮小山叫霍”。意即小山為大山所圍叫做“霍”，其理相同。

何謂“湘”？湘者，即相也。正如“襄”，即“瀼”也，讀音相同。兩字的意思都是“幫助”之意。王莽時改“相陽”為“襄陽”，《尚書》云：“浩浩懷水襄陵”。此處“襄”字有“凌駕於上”之意，意即水上了陸地，上了山。漢水即是如此，張之洞及以前大官都曾築堤來防漢水（即襄水）。“漢”者，天水之意，天河名叫漢，故漢水即天水，亦即是襄水。

《楚辭・漁夫》篇云：“寧赴湘流而葬江魚之腹中耳！”太史公司馬遷認為此句有語病，人在鄂而何以會在湘水自殺，故改為“寧赴常流”，這裏只牽涉到校勘學。參看〈漁夫篇〉，可見此文係屈原居漢北時所作。襄水又叫做滄浪之水（見〈漁夫篇〉），此處所說之“湘流”實指漢水也。

又如〈九歌〉云：

“嫋嫋兮秋風，洞庭波兮木葉下。”

此句如形容岳陽樓之洞庭即不配襯，因境界不同；屈原是祭二水神（按：二水神即二女神，亦即舜之二妃，即漢水之神，《詩經》中亦有說起。）。屈原作此詩之背景是在湖北。

“橘逾淮而為枳。”我國歷史上最出名的橘是“江陵千樹橘”，地名亦可搬家，如英國的地名今日在美國亦有，我國亦然，“洞庭”亦可搬家，並且水與水可相通，故湖北亦有洞庭湖。

中國的字和命名都是有意義的，如“華山”之“華”，意即說明此山如花一般有五瓣；“岐山”之意思是二山相並；“衡山”是說明橫亘一排，“崑崙”之意是重疊之山。

以上所說是文學史上的考據問題。總而言之，屈原所說之湘江與洞庭都不是在湖南的，實在是指漢水流域的。

第十篇　賦

　　講到"賦"，就是直敍其事。但有些賦中亦可能仍含有比與興。賦是古詩之流，普通稱漢賦，因賦在漢代特盛，實際上先秦(戰國時代)已有賦。

　　屈原沒有作賦，其後才有。如果論起作賦的大家，一為荀況，一為宋玉(按：宋玉為屈原弟子)。荀子有五賦傳下，即〈禮〉、〈知〉、〈雲〉、〈蠶〉和〈箴(針)〉五篇；荀子每寫一賦，先不說明甚麼，只是大篇解釋，最後才用一語道破。此種文體即是隱語(謎)，也就是描寫得十分詳細而面面俱到，使讀者容易猜得出。故所謂"賦"者，也就是鋪陳之意。

　　荀子以前，如淳于髡(按：淳于髡是一位滑稽家)，他已使用隱語了，或比他更早亦已有了隱語。

　　有關宋玉，據《漢書‧藝文志》云，宋玉曾作賦十六篇，今流傳者已不及此數。楚有宋玉、景差之徒(按：景差亦是屈原弟子)，皆喜好辭而以賦見稱。辭就是藻，辭藻可用來美化文章，如說"刀口快"一語，用辭藻將之美化，便可寫為"刀鋒利"。

　　作賦非用"辭"不可，但辭亦一定即是賦。宋玉所作之賦，傳下的有〈高唐賦〉、〈神女賦〉、〈登徒子好色賦〉、〈對楚王問〉、〈九辯〉及〈風賦〉等，均是宋玉與楚襄王的問答之作，其文體是二人對話。

　　莊子的對話是"寓言"，"賦"與莊子的"寓言"有很大關係；屈原之文章雖不叫賦，但已具備賦的規模了。據說是屈原所作的〈橘頌〉一文，頌者，美盛德之形容。此文乃仔細描寫橘之優點，但並非猜謎。先是說出橘，是用比興以喻地物，亦可稱為〈橘賦〉，後來又演變成詠物詩。

　　又如屈原的〈招魂〉，文中說"魂兮歸來"，這是鋪陳的，亦可說是賦，又如尚有如〈卜居〉及〈漁夫〉等篇，亦均可說是賦。

賦可以說是一種隱語，亦可說是一種寫言，寓言要用故事，使其內容戲劇化、神怪化。

賦是韻文與散文的綜合體，它在敘事時用散文，形容時則用韻文，好比和尚宣卷，有說有唱；亦好像唱京戲，有道白，有唱腔。但像《水滸傳》，全書則是散文多而韻文少，所以稱為"小說"，或稱"章回小說"。但如果是韻文多而散文少的話，則便叫"戲劇"了。

《文心雕龍》云："賦者，受命於詩人，拓宇於楚辭。（按：上兩句意即賦是自《詩經》與《楚辭》變來。）觀物興情，體物寫志。"故所謂賦者，講的是外物，實比興其內部的情志也。也就是賦、比、興三者都包括在一起了。

賦是寄託的，有其主客，是雙方講話，它自從《莊子》的寓言體變來；《荀子》之賦是猜謎體，亦是對講式的。

今綜合言之，賦之來源如下：

(一)由《莊子》之〈說劍〉、〈漁父〉、〈盜跖〉變來。

(二)由縱橫家之文變來。蓋縱橫家善諷諫，喜好鋪陳，故《戰國策》亦是賦之來源。

(三)由滑稽家之隱語變來，如淳于髡般好長夜之飲。

(四)自《楚辭》變來。

(五)自《詩經》變來。

吾人如不學習以上諸類作品，即不會作賦。意即如欲作賦，則首先須熟習上述五種作品。

賦起源於戰國時代，可分為荀子與宋玉兩大派，但《漢書‧藝文志》卻把賦分成四大派，即是：

(一)主客賦：其總集有十二家，為多人所作。

(二)屈原賦：由屈原之《離騷》、《楚辭》變出宋玉、唐勒的賦，《藝文志》説有二十家。

（三）荀卿賦：有〈蠶〉、〈雲〉等賦，是寫實的，用隱語體。

（四）陸賈賦：陸賈為漢高祖時人，陸賦已失傳，傳承陸賦的朱建、嚴助、朱買臣等人，是縱橫家般善於諷諫的賦。

《漢書·藝文志》説明以上四派，共有七十八家賦。

第十一篇　漢賦

談起漢賦，最重要的作家厥為齊（山東）的鄒陽和楚的枚乘兩人。楚即淮陰，初在湖北，後來楚搬到江蘇、安徽，故項羽（下相人）亦稱楚人。也就是説，戰國末年之楚已在江蘇、安徽一帶，而並非在鄂（湖北），更非湖南了。漢高祖亦是楚人，長江下游地區叫楚，漢高祖得國後封建，封在江蘇、安徽的叫吳王濞，後吳國為越王所滅，越又為楚所滅，故項羽與韓信均稱楚人。

吳王濞在安徽銅山開礦，可鑄銅錢；沿海可煮鹽，因此漢初全國最富有的是吳王濞。當時大家尚未忘記歷史上的封建，魯的鄒陽是遊士，亦去吳王濞處（按：山東人多縱橫家，愛誇大。）。當時編《戰國策》的可能是蒯通，亦是魯人，與淮陰韓信很近，故曾經去遊説韓信。

魯人富有神仙思想，蒯通之友安期生亦富有神仙思想；又如徐福曾出海外求仙，即使近代之山東人蒲柳仙撰寫《聊齋志》，愛講齊東野人之語，意即"齊諧者，志怪者也。"楚人亦講神仙思想，如屈原、宋玉等都是。

中國的神話文學，一在楚（鄂），一在魯（按：魯即戰國時的齊）。山東出一鄒衍，講大九洲，説中國只是九洲之一，講神仙思想，愛好誇大，也講到比黃帝更早的祖先，亦講到禮義，他是陰陽家，綽號"談天衍"，這種學問便是賦，亦可説是從《莊子》變來。由於作賦必須誇大鋪張，所以最後必加入神話。

漢初的文學可以説是由齊、楚兩地的作品會合而成，如鄒陽為齊人，枚乘為楚人，故都到吳王濞處（即楚國）。濞被殺後，遊士奔散，鄒陽去梁國（歸德附近），當時梁孝王之富僅次於吳，他愛造園林，在歸德附近建造離宮別苑數百里，曾在此地區出莊子、張良等人物。

漢武帝時，淮南王劉安召賓客數千人，其賓客均善文，傳下《淮南子》一書，內講老莊，但都是辭賦。劉安手下能讀《楚辭》者眾多，朱買臣亦能讀。讀中國文學要能唱，如《楚辭》、唐詩等，都是要唱的，故文學家多數會帶有浪漫與落拓的習性。

漢初文學之產生並非在商業城市，如四川有司馬相如(按：四川多霧，故川人浪漫而愛冥想。)去梁而遇枚乘、鄒陽等人，因此司馬相如亦能作賦，梁孝王薨，相如回四川，時漢武帝在宮中談到司馬相如之賦，大為欣賞，便派大臣去請相如到長安，因此相如再為天子寫了很多賦，如〈子虛〉、〈上林〉等賦，其中說到子虛、烏有及無是公三先生，這是寓言，三者各代表楚、齊與中央。

漢武帝除重用董仲舒，罷斥百家以表揚儒家外，還召集各地的文學家，如朱買臣、嚴助及枚乘等人，為漢武帝所用。枚乘文思敏捷，倚馬可待，曾創作一千餘篇，但是全失傳了。相如要歷時數月，才能寫成一篇，至今仍有留傳。

賦後來變成皇室的消遣文學，作為供奉之用，即成為御用的幫閒的，如司馬相如作的賦，便是這一類作品，與屈原的賦成為相對的兩大派，這正如唐代杜甫(入世的詩聖)與李白(出世的詩仙)一樣。文學可分為超世的與入世的兩派，但以入世的和人生實用的為佳。

杜甫的詩不超脫，卻是人生實用的，故其境界比莊子為高，莊子只是一位哲學家。

陶淵明可與屈原相比，陶為人退隱而不合作，故屈原、杜甫可說已達到中國文學的最高境界，而陶淵明則較次。

較司馬相如略早者為賈誼，他在政治上、哲學界以及文學界都很好，作有〈鵩鳥賦〉(按：鵩鳥即鴞，俗稱貓頭鷹，入人之屋可致人死)。此文是莊子體，假設"鵩鳥"與賈誼談話，可見當時的賦亦接受莊子文體。

漢宣帝中興，提倡文學，當時只能在九江找到能唱《楚辭》的被公

（按：被公當時已年逾九旬，要喝稀粥潤喉才能唱出聲調。）。

今日我人宜有新文藝作家出現，創作出美好的辭句並配以曲調，那才算是舉世聞名的國粹。

中國韻文的演進是由詩，而辭，而賦，而曲，進而到現在的平劇（或稱京劇）。漢賦寫得最好的當推司馬相如和賈誼兩位。故有人說：“如孔門要用賦，那麼相如入室，賈誼登堂矣！”不過，孔門卻並不重視幫閒的御用文學。

漢代揚雄子雲，四川人，善於模仿。桓譚《新論》云：“揚子雲工於賦，王君大習兵器，余欲從二子學。子雲曰：能讀千賦則善賦；君大笑曰：能觀千劍則曉劍。諺曰：‘伏習象神’，巧者不過習者之門。”自此文可知揚賦是從模仿得來的，但亦須天才，揚雄之時，賦已極盛而欲變，但東漢時仍有賦。揚雄後欲學效儒者，著《法言》（按：此書學效《論語》），又著《太玄》（按：此書學效《易經》），揚見當時政治實況大變，放下簾寂寂草玄，桓譚對他說：“你這本書我讀不懂。”揚回答道：“後世復有揚子雲必好之矣！”直到宋代司馬光，特別喜愛《太玄》這本書，他也來仿作一本，後人亦說讀不懂。

與司馬光同一時代的歐陽修曾經說：“《易·十傳》這本書非孔子作，是擬古之作。”有人不信，歐陽修也說：“將來再有歐陽修，必會欣賞。”所惜者知音稀少，可能千年始得一人，亦可能如莊子所說“旦暮遇之”。所以創造也好，欣賞也好，都非易事。俗語說：得一知己，可以無憾矣。揚雄晚年時，學孔子作《法言》，曾說：“或問‘吾子少而好賦？’，曰：‘然，童子雕蟲篆刻。’俄而曰：‘壯夫不為也。’”（按：“雕蟲小技”之典故出自此。）又批評賦曰：“詩人之賦麗以質，辭人之賦麗以淫，如孔氏之門用賦也，則賈誼登堂，相如入室矣。其不用何？”揚雄說此話時已反對賦，看不起賦矣！

第十二篇　漢代樂府

　　樂府是衙門名，古代有采詩之官，去民間採訪民歌，在這個衙門的機構內整理出來的便叫做"樂府"，猶如周代的國風一般。

　　劉邦為楚人（按：沛縣在楚）。曾作〈大風歌〉云：

　　"大風起兮雲飛揚，

　　威加海內兮歸故鄉，

　　安得猛士兮守四方。"

（按：此歌"大風起兮雲飛揚"一句是興，即景起興，有曲線美。次句"威加海內兮歸故鄉"是賦。我人如果想撰寫新文學作品，大可以從舊文學中去找尋材料。歷史上說，漢高祖在皇宮內養了一百二十個歌兒唱歌。到漢武帝時，起用李延年的協律都尉，此蓋由於其妹李夫人為武帝所寵愛。此時正式成立樂府，用來採集太行山地區的秦楚之謳。）

　　郭茂倩寫了一本《樂府詩集》，將當時的樂府分成十二類，此書包括古今樂府，吾人如欲學習新詩民歌，可參考此詩集。其書所分十二類如下：

　　(一)郊廟歌辭：此類歌辭包括祭祀之頌、郊祭天、廟祭祖等。

　　(二)燕射歌辭：此類歌辭在運動會宴會用。

　　(三)鼓吹歌辭：此類歌辭是軍樂，有用鐃角者。

　　(四)橫吹歌辭：此類歌辭用橫簫、笛、笳等吹奏。

　　（按：(三)、(四)兩類歌辭是馬上軍歌，是胡樂。）

　　(五)相和歌辭：此類歌辭用笙、笛、琴、琵琶及節鼓等樂器。

　　(六)清商歌辭：即調和歌辭，亦即相和歌辭有相似之意。

　　（按：(五)、(六)兩類歌辭均為民間歌辭。）

(七)舞曲歌辭：舞曲歌辭是在郊廟、燕射時要有舞蹈並同時唱歌，歌舞即樂，亦即禮。可惜中國已失傳，此為儒家最高人生藝術，吾人亟應提倡的。

(八)琴曲歌辭：此琴曲歌辭為中國特別的樂，可惜今已失傳，其曲聲變化多。

(九)雜曲歌辭：凡不能歸入其他歌辭類別中的，均撥入此類中，故名雜曲歌辭。

(十)近代曲辭

(十一)雜歌謠辭

(十二)新樂府辭

凡不能入樂之歌辭，便都歸入"雜歌謠辭"與"新樂府辭"兩類。

今且舉"雜曲歌辭"中之例子，如：

其一："上山採蘼蕪，下山逢故夫。"

其二："悲歌可以當泣，遠望可以當歸。

思念故鄉，鬱鬱累累。

欲歸家無人，欲渡河無船。

心思不能言，腸中車輪轉。"

這種中國文學作品，直透入生活中，講人生的共性，並無個性，是抽象的，與西洋西學之具體描寫不同。

我人亦可用這首樂府，將之變成五言詩，如在"欲歸"、"欲渡"、"心思"、"腸中"等詞之下各加一"兮"字，如下：

"欲歸兮家無人，

欲渡兮河無船。

心思兮不能言，

腸中兮車輪轉。"

如此即變成楚辭矣！

又如"相和歌辭"，今舉輓歌之例，貴族用輓歌如下：

"薤上露，何易晞，

露晞明朝更復落。

人死一去何時歸？"

這首相和歌辭的貴族輓歌，乃是講人生之生死問題，詩中含有比、賦、興，先講別的，再講人生，此為中國文學之特色。

今再抄引平民用輓歌如下：

"蒿里誰家地，聚斂魂魄無賢愚。

鬼伯一何相催促，人命不得之踟躕。"

以上兩首輓歌，並無實質內容，只是純講感情，其歌辭都很優美。

從上述等詩歌可以演變成未來的五言詩或七言詩。也可以說，中國的韻文是由《詩經》解放而演變成《楚辭》，再而演變成"樂府"（按：樂府可以用三字、四字、五字及七字句。），稍後再演變成整齊的"詩"。

以上所筆樂府歌辭，講到"悼死"、"思鄉"兩問題，此為中國文學之大題目，是空靈而非具體的。

又如《清明》一詩中的"清明時節雨紛紛，路上行人欲斷魂"，其所用"路上"兩字，用得極好，實際上是描寫"想家"，卻寫得空靈而非具體。

至於談到"樂府"的變化多端，則要到建安時期的曹操才能顯現出來。

第十三篇　漢代散文 ——《史記》

漢代司馬遷著《史記》，凡一百三十篇，計共五十二萬餘言。《史記》雖然是記載真實歷史事實的史書，但所謂"文章同史"，所以也是一部偉大的文學作品。俗語説："千古文章兩司馬。"或説："文章西漢兩司馬。"也有人説："唐詩晉字漢文章。"如有人問漢代的最佳散文作品是哪一部，則非司馬遷的《史記》莫屬。

我人從《史記》這部書已可解決到有關西方文學的難題。西方人一直認為道德意識是不能加進文學中去的。如西方的莎士比亞、歌德等大文豪無不如此想法。但自從有了《史記》面世以後，其書有道德思想融入作品中，卻並不損害其文學價值，即如我國的屈原、杜甫等大家，亦是把道德思想融入於其文學作品中。在文學中可以將道德與人生合一，講公的人生，有其最高的人生境界，《史記》講的是整個時代的大生活。

西方又有一問題，就是"歷史需要文學嗎？"這亦可從《史記》得到充分的答案。可以説，最高的文學就是最高的歷史。前面已經談到"文章同史"，且《史記》中所記載的歷史都是真實的，都是活的，生動的。並且從文學作品來説，"描寫人物"是難於"創造人物"，《史記》是形象極為生動地來描寫人物，施耐庵的《水滸傳》則是創造人物，所以肯定地説：《史記》的價值高於《水滸傳》。

我國自古以來的散文，從《論語》以來，一直沒有甚麼改變，不如韻文那麼多變。我國古代著名文學著作，如《莊子》是散文，後來演變為《離騷》，仍是文學的；又如《孟子》，是質樸的白描，是最佳的紀言體文學作品。

太史公司馬遷，陝西韓城縣人，父為史官，名談，司馬遷少年時在

韓城耕牧，後隨父到長安，聽董仲舒講孔子春秋，曾住過昆明、浙江
等地，太公遵父命之囑要繼續寫史書。後因李陵事忤帝意下獄，並判死
刑。按法可以五十斤黃金贖罪，卻無人願資助，故為求免死，只得自請
宮刑(作太監)，武帝准之，後在宮中任中書令。太史公認為此乃奇恥大
辱，但為要完成父親遺命，故太史公在《史記》中所寫之酷吏、貨殖、遊
俠及封禪諸作，都是為了抒發自己之感慨，但全是如實的信史，富有情
感，且把自己也加入進去，卻公正而不偏私。

　　談到《史記》中的〈列傳〉，從上古到當代，其所描寫的各式各樣人
物之個性、思想與事態，都是維妙維肖；《水滸傳》之佳，其人物都是
創造的，不過均屬同一類型；至於《紅樓夢》中的人物，亦是創造的，
雖個性各有不同，但都是女性；而《史記》卻是描寫人物，且是多方面
的，且太史公把自己的感情也放了進去，且並不偏私。太史公有史才，
有史識，兼有文學的情趣和史學的理智；他雖然喜愛項羽多過劉邦，但
也闡述了劉邦的成功之長處和項羽的失敗之短處。他用細膩的筆法描寫
人生，但批判時卻只用寥寥數語，亦即是說：太史公描寫人物時分析得
極為詳盡；批判卻極之簡明。

　　又如太史公作〈孔子世家〉，而不是作"列傳"，因為孔道之傳比爵位
更長，又特作〈孔子弟子列傳〉，其他墨子、孟子、荀子等都沒有為其弟
子作列傳，這就是太史公具有卓越的史學眼光；他又替傳講孔學的寫了一
篇〈孟子荀卿列傳〉，並且還對感興趣的人物亦加入描寫之列，如〈刺客列
傳〉等；他亦將"搜孤救孤"的傳說加入〈趙世家〉中，"搜孤救孤"即"杵
臼程嬰"故事，雖非真實，但太史公好奇而捨不得割愛，亦無傷大雅。

　　太史公寫〈項羽本紀〉，認為項羽可做皇帝，他寫〈陳涉世家〉，說陳
涉是首先揭竿起兵以抗秦的發難者。世上無十全十美的著作，或許有些
瑕疵正是表現其缺憾，《史記》正是如此。天下沒有不偏的事，亦決無既
不左又不右的事。撰寫歷史要具備史才、史學與史識，且太史公還具有

史德，並不以感情意氣用事，故其撰寫《史記》能達到真善美的境界，在〈孔子世家〉中說："高山仰止，景行行止，雖不能至，然心嚮往之。"太史公寫到項羽時說："乃天亡我，非戰之罪也。"他認為項羽這樣說法並不對。

《史記》共分五部分，凡一百三十篇，計有"本紀"十二篇，"世家"三十篇，"列傳"七十篇，"表"十篇及"書"八篇。吾人如只熟讀"列傳"，已經可以得益。他的寫作方法是將一人，如寫漢高祖劉邦之事跡，分述於各人之傳記中，雖不集中在一篇中寫，使人讀來感到枯燥些，但卻是公平的，客觀的，並不重英雄觀念(此是指少數言)。這也是科學態度，與西方的崇拜個人英雄主義不同。此種寫法，讀來雖使人頗不感興趣，不過卻是嚴謹而公平的寫法。

凡寫歷史，必須嚴格遵守兩個條件，即是：

(一)不可以只着重於單一的領袖和以單一的團體為單位，須顧及其全面性；

(二)要着重於事件進展的過程，不能單看其結論。

此為太史公著史所能做到的，後人亦多能依循此種寫法。《史記》中以列傳的描寫最為精彩，我們可留意其同一史實，作出如何不同之描寫，又如寫二人合傳，亦是太史公的傑作，如兩人在期間有分有合的廉頗與藺相如合傳；又如善始凶終的〈張耳陳餘傳〉。尚有一篇列傳附記多人者，如〈衛青霍去病傳〉後附入征匈奴的大將；甚至有相隔數百年的合傳，如〈屈原賈生(誼)列傳〉，雖然屈原與賈生遭遇十分相似，且富有愛國思想的激情，但主要是賈誼之賦乃師事屈原者；又如〈刺客列傳〉中寫入一大批人，把春秋戰國時的刺客一併列入；再如〈滑稽列傳〉亦由多人合成寫一篇；〈貨殖列傳〉則是講從春秋時期直到漢代的商業情況。所以說，太史公的《史記》是一部極嚴格的史學，且具有極高的文學價值。他是能用文學眼光來看史學，又拿文學情調來描寫人生。

　　事業成功並非單靠一個人，有的人卻因失敗而遭後人同情、敬仰而傳芳後世，如一成功，即大家都有功勞，而非個人了，不會有英雄了。

　　我們讀歷史要注意寫的以外，尚須懂得不寫進去的。不然，便不懂得如何取捨；要懂得何者不寫，才懂得何者不應寫。在《史記》中沒有寫進去的太多了。如歷代丞相，有十分之六、七並不列入；但有些卜者與滑稽家卻亦有列入的。這就是公平客觀。

　　太史公的《史記》是一種浪漫派的寫法，但其中無一假話，《史記》將文學與歷史融合在一起，亦將文學與人生加以融合。

　　我可以肯定地指出來，中國有兩大人物，即是兩位大文學家：一位是屈原，他解答了文學與道德的問題；一位是司馬遷，他解答了文學與歷史能否合流的問題。

　　歷史是應用的，實用的，詩歌(文學)亦是應用的，實用的。正如中國的藝術產生於工業，如陶器(有花紋)、絲(有繡花)與鐘鼎(有器具、鍋子)等。並不如西方那樣專門為了欣賞而刻畫像，中國的藝術是欣賞與應用不分，應用品與藝術品合一，亦即是文學與人生合一，中國的古硯與古花瓶，是古董但同時又可使用，並不如西方般專為擺設之用，故中國歷史與文學始終是應用的。

第十四篇　漢代奏議與詔令(附書札)

奏議是在政治上應用的散文，人民有意見時寫文章上書給政府。

詔令是政府寫給民間，只簡單講說幾句。

奏議是人民對某件事可詳盡申述對或不對，是人民反映給政府的意見。皇帝在詔令中雖可用命令式的語句，但書寫的語句中亦可加入情感，使人民感到悅服，不必用道理以教訓口氣來壓服人民。

賈誼能寫出最高級的政治文章，如他的〈陳政事疏〉、〈過秦論〉及〈論積貯疏〉等文，可以說是他的代表作。明代歸有光讚揚賈誼的〈陳政事疏〉，何止是西漢第一，簡直是"千古書疏之冠"。姚鼐也讚賈誼之文"條理通貫，其辭甚偉。"連魯迅也說他的文章"皆疏直激切，盡所欲言。"黃東發評說道："賈誼天資甚高，議論甚高。惜不聞孔子之學。"但賈生在其文中常提及應"與民休息"，應"親民如子"，多能鼓勵農民生產，倡導輕田租等等，他在〈陳政事疏〉中，建議要降服囂張的匈奴，以及主張削弱諸藩，無不都是為國愛民的好政策。他的〈論積貯疏〉，對後世影響更大，他慷慨陳述道：

"夫積貯者，天下之大命也。苟粟多而財有餘，何為而不成？以攻則取，以守則固，以戰則勝。

今毆民而歸之農，皆著於本，使天下各食其力，末技遊食之民轉而緣南晦，則蓄積足而人樂其所矣。

管子曰：'食廩實而知禮節。'民不足而可治者，自古及今，未之常聞。……生之有時，而用之亡度，則物力必屈。古之治天下，至孅至悉也，故其蓄積足恃。……漢之為漢，凡四十年矣。公私之積，猶可哀痛，失時不雨，

民且狼顧，歲惡不入，請賣爵子，既聞耳矣。安有為天下
阽危者若是，而上不驚者，世之有飢穰，天之行也，禹、
湯被之矣。……兵旱相乘，天下大屈。……而直為此廩廩
也，竊為陛下惜之。"

賈生的這種筆勢縱橫的政治文章，言簡意賅，筆力雄偉而凝煉，處
處表露出其關懷國家、體恤人民之愛心，如果不是周勃、灌嬰這班大臣
因妒忌而在文帝面前進讒陷害，再加上長沙王的早逝，致使他於青壯之
年抑鬱而亡，本來他將有一番大作為的。

晁錯也是一位善於寫奏議文章的人。如他的〈言兵事書〉、〈論貴粟
疏〉、〈論守邊備塞疏〉及〈論募民徙塞下疏〉等文，都是他的著名篇章。
如方苞稱讚他的文章與《管子》類近。說他雜用管子之語，如出一人之說。

晁錯的〈論貴粟疏〉向文帝提出了重農抑商政策，同時又主張"入粟
受爵"，此文中云：

"明君貴五穀而賤金玉。今農夫五口之家，其服役者
不下二人，其能耕者不過有畝，百畝之收，不過百石，春
耕夏耘，秋穫冬藏。伐薪樵，治官府，給徭役，春不得避
風塵，夏不得避暑熱，秋不得避陰雨，冬不得避寒凍，四
時之間，亡日休息……勤苦如此，尚復被水旱之災，急政
暴賦，賦斂不時，朝令而暮當具。有者半賈而賣，亡者取
倍稱之息，於是有賣田宅，鬻子孫以償債者矣。而商賈大
者，積貯倍息，小者坐列販賣，操其奇贏，日遊都市，
乘上之急，所賣必倍。故其男不耕耘，如不蠶織，衣必文
采，食必粱肉，亡農夫之苦，有仟佰之得，因其富厚，交
通王侯，力過吏勢，以利相傾，千里遊敖，冠蓋相望，乘
堅策肥，履絲曳縞，此商人所以兼併農人，農人所以流亡
者也。今法律賤商人，商人已富貴矣。尊農夫，農夫已貧

賤矣。……欲民務農，在於貴粟，貴粟之道，在於使民以
粟為賞罰，今募天下入粟縣官，得以拜爵，得以除罪。如
此，富人有爵，農民有錢，粟有所渫，夫能入粟以受爵，
皆有餘者也。取於有餘以供上用，則貧民之賦可損，所謂
損有餘，補不足，令出而民利者也。"

因此，文、景兩朝都採用晁錯建議，國家遂日益富庶，到武帝時，
以至造成了"太倉之粟，陳陳相因，都鄙廩庾盡滿"的現象。

又如晁錯的〈守邊備塞疏〉及〈論募民徙塞下疏〉等文，他並不主
張"派遠方之卒守塞而一歲一更"，乃是選帝居者前往定居，而有家室田
作，讓守邊塞者可安心長期居留屯戍。此所以後世常用屯田屯兵之法，
以守邊疆，可能受晁錯之影響不少。可惜晁錯在景帝御史大夫任內，建
議削諸侯封地，造成吳楚七國之亂，景帝不得已用爰盎言將其處決，不
然會有更多作品留傳後世也。

此外，像董仲舒，亦為寫奏議文章的高手。武帝時舉賢良文學之
士，董作賢良對策三篇，討論天人相與、陰陽災異諸問題，其著作有《春
秋繁露》及《董仲舒文》。

至詔令文，賈誼亦是寫此種文章之能臣。等到曹操出，能把詔令寫
得長篇，且是用故事體的寫法，這可使老百姓在閱讀時大為增加興趣。

如曹操於建安年間赤壁之戰時，重挫於孫權、劉備的聯軍，於是下
〈求賢令〉道：

"自古受命及中興之君，曷嘗不得賢人君子與之共治天
下者乎？及其得賢也，曾不出閭巷，豈幸相遇哉？上之人
不求之耳，今天下尚未定。此特求賢之急時也。……若必
廉士而後可用，則齊桓其何以霸世！今天下得無有被褐懷
玉而釣於渭濱者乎？又得無有盜嫂受金而未遇無知者乎？
二三子其佐我明揚仄陋，唯才是舉，吾得而用之。"

　　本來一國的領導，於危急之秋求才若渴，其詔令一類的文章，必定出於莊重嚴肅的口氣，曹氏筆調卻任意揮灑，且是帶有俏皮而浪漫的情趣，如文中提及一位道德敗壞分子，便是魏無知介紹那位曾與嫂子私通又接受過賄賂的陳平給漢高祖劉邦，使劉邦頗為遲疑，魏無知對高祖說，現在正是需才孔急之時，與德行有差錯無關，我推薦的是他的才能，劉邦才重用陳平。

　　在堂堂正正的詔令之中，任誰也不會把這樣的負面故事寫進去，但曹操卻毫無顧忌，無所不談。這就是他的浪漫豪爽個性使然。

　　而且曹操寫詔令文，揮灑自如，有話即長，無話即短，其作〈求賢令〉，不足二百字；而寫〈讓縣自明本志令〉卻長達一千三百字，為要抒發激越悲壯的真率情懷。所以有人稱他是一位改造文章的祖師。

　　曹操之所以能寫出好文章，就是因為他平日讀書多。他在〈讓縣自明本志令〉一文中，就提到了孔子《論語》中讚“齊文、晉文之尊周”，周公金縢之書，樂毅聞圖燕而垂淚，介之推歸隱綿山，申包胥哭秦廷而事成不肯受賞，以及蒙恬之盡忠守義等典故，故吾人讀曹文而感興趣盎然，全由於曹操之勤讀典籍，爛熟史事所致。決非胸無點墨寫來空洞乏味可比也。

　　至曹操寫奏議文，如為增封荀彧，作〈請增封荀彧表〉，全文據實直言，絕無浮華虛語，故《文心雕龍》亦讚其“魏初表章，指事造實，求其靡麗，則未足美矣”，乃值得一讀之作。

　　詔令之外，尚有一種名叫“書札”的，也是應用文的一種，但漢代時人寫“書札”的不多，如太史公的〈報任少卿書〉寫得極好，亦是值得一讀。今擇要摘錄〈報任少卿書〉部分如下，以供欣賞：

　　　　“少卿足下，曩者辱賜書，教以慎於接物，推賢進士為務。意氣懃懃懇懇，若望僕不相師，而用流俗人之言。僕非敢如此也，僕雖罷駑，未嘗側聞長省之遺風矣！顧自以為身殘處穢，動而見尤，欲益反損，是以獨鬱悒而無誰語。諺曰：『誰為為之？孰令聽之？』蓋鍾子期死，伯牙終身不復鼓琴。何則？士為知己者用，女為悅己者容。若僕大質已虧缺矣！雖才懷隨和，行若由夷，終不可以為榮，適足以見笑而自點耳！

禍莫憯於欲利，悲莫痛於傷心，行莫醜於辱先，詬莫大於宮刑，刑餘之人，無所比數，非一世也，所從來遠矣。

夫僕與李陵，趨舍異路，未嘗銜杯酒，接殷勤之餘歡。然僕觀其為人？自守奇士，事親孝，與士信，臨財廉，取與義，分別有讓，恭儉下人，常思奮不顧身，以殉國家之急。其素所蓄積也，僕以為有國士之風。夫人臣出萬死不顧一生之計，赴公家之難，斯亦奇矣。今舉事一不當，而全軀保妻子之臣，隨而媒蘗其短，僕誠私心痛之。且李陵提步卒不滿五千，深踐戎馬之地，足歷王庭，垂餌虎口，橫挑強胡，仰億萬之師，與單于連戰十有餘日，所殺過半當，虜救死扶傷不給，旃裘之君長感震怖，乃患征其左右賢王，舉引弓之人，一國共攻而圍之。轉鬥千里，矢盡道窮，救兵不至，士卒死傷如積。然陵一呼勞軍，士無不起，躬自流涕，沫血飲泣，更張空拳，冒白刃，北向爭死敵者。陵未沒時，使有來報，僕公卿王侯皆奉觴上壽。後數日，陵敗書聞，主上為之食不甘味，聽朝不怡，大臣憂懼，不知所出。僕竊不自料其卑賤，見主上慘愴怛悼，誠欲效其款款之愚。以為李陵素與士大夫絕甘分少，能得人之死力，雖古之名將，不能過也。身雖陷敗，彼觀其意，且欲得其當而報於漢。事已無可奈何，其所摧敗，功亦足以暴於天下矣。僕雖欲陳之，而未有路，適會召問，即以此指，推言陵之功，欲以廣主上之意，塞睚眥之辭。未能盡明，明主不曉，以為僕沮貳師，而為李陵遊說，遂下於理，拳拳之忠，終不能自列，因為誣上，卒從

吏議，家貧，貨賂不足以自贖，交游莫救視，左右親近不
為一言。身非草木，獨與法吏為伍，深幽囹圄之中，誰可
吞訴者，此真少卿所親見，僕行事豈不然乎？李陵既生
降，隤其家聲，而僕又佴之蠶官，重為天下觀笑，悲夫！
悲夫！事未易一二為俗人言也。

　　僕所以隱忍苟話，幽於糞土之中而苟活者，恨私心
有所不盡，鄙陋沒世而文采不表於後世也。……《詩》
三百，大底聖賢發憤之所為作也。此人皆意有所鬱結，
不得通其道，故述往事，思來者。乃如左丘無目，孫子斷
足，終不可用，退而論書策，以舒且憤，思垂空文以自
見。"

　　關於司馬遷的《史記》，其體大精思而成為我國最偉大的散文傑作，
前已有述。此信乃其友任少卿勸其推賢進士，致使太史公滿腹怨憤，暢
所發洩。坦言為了廣主上的言路，且李陵確實不失為一位國士，可能在
萬不得已下臨時投降敵方，但從他為人看，將來絕對有可能得其當而報
漢。可惜事與願違，世態炎涼，既已慘受腐刑，天復何言，而主上事後
又重用他任中書令，更使他含垢受辱，悲憤欲死，不得已遂繼承父志完
成《史記》，以泄其鬱怒之氣。太史公在此整封書札中，只是與知友暢談
其個人遭遇與抒述其憤懣不平之胸懷。我小時候，十歲左右吧，老師教
這封信札時，都是要我們背誦的。

第十五篇　漢代五言詩(上)
—— 蘇李河梁贈答詩

中國文學史分散文與韻文兩種，散文變化少，韻文則變化甚多。

在《離騷》體的語句中，要用"兮"字，到了漢代，騷體文字已很少，賦的壽命則較長，直到唐、宋仍有賦體，不過像歐陽修〈秋聲賦〉一類的文章已不是正式的賦了。總之，《詩經》、《離騷》和"賦"三個階段，即韻文已有如此大的變化，但自漢代起有了五言詩，一直傳到今天。

諸凡文學作品，自有其各種體和淵源流變，不明此即無法了解文學。即是說，如要明白文學史，那就需要考據了。

關於五言詩的開始，一說起自西漢，一說起自東漢。根據《文選》中所選載的五言詩，南朝梁昭明太子已講述很多。

人們常說，最早的五言詩，當自〈蘇李河梁贈答詩〉開始，此可見《漢書・李廣蘇建列傳》，蘇建為蘇武之父，李廣為李陵祖父。《漢書》這篇列傳寫得非常好，可與《史記》媲美。

在〈蘇李河梁贈答詩〉之前，依照《文選》所說，尚有〈古詩十九首〉，有古人評此詩驚心動魄，一字千金。自昭明太子著《文選》以後，有徐陵著《玉臺新詠》（按：《玉臺新詠》中含有散文。），其中談到說："在〈古詩十九首〉中，其中有八、九首係枚乘所作。"（按：枚乘是漢武帝早年時人。）

劉勰《文心雕龍》說："李陵之詩可能不是李陵本人所作，蘇武之詩則更為可疑。"（按：見《文心雕龍》之〈明思篇〉。）

近人梁任公(啟超)則主張〈古詩十九首〉與〈蘇李河梁贈答詩〉都是東漢末年所出，我亦贊成此說。有章太炎先生之學生黃侃季剛，黃的一學生為《文心雕龍》作一注，説："〈蘇李河梁贈答詩〉與〈古詩十九首〉均為西漢時所作。"此説甚謬。因中國文學史中自西漢武帝起到曹操為止這一時期，何以無五言詩，卻要到東漢末年才有。如果西漢時就有五言詩，而西漢以下一段時期卻是真空期，那是十分不合理的。

梁任公主張五言詩要到東漢末年才有，他説：

(一)如果西漢時就有五言詩，何以西漢至東漢一段時間內不再有。

(二)像"贈答詩"的這種體裁，要到東漢末年才有。

(三)像〈蘇李河梁贈答詩〉與〈古詩十九首〉般的人生觀，也要在東漢末年時才有。

我亦認為從上述兩組詩的內容來看，已可證明並非西漢時作品，卻無法證明不是東漢時之作品。

〈蘇李河梁贈答詩〉共有三首，今抄錄於下並略作解釋：

(一)（句末有圈者均係錢師所加）

"良時不再至，臨別在須臾。

屏營衢路側，執手野踟躕。

仰望浮雲馳，奄忽互相逾。○○○

風波一失所，各在天一隅。○○○

長當從此別，且復立斯須。

欲因晨風發，送子以微軀。"

此詩第一首頭四句是"賦"，其中第三、第四兩句，其語氣只是像普通人，且其背景不像兩人是在北方。至於第五句至第八句，是興、比，喻人生聚散無常。其中"風波一失所，各在天一隅"兩句，用詞優美，但用於蘇李卻並不合理。故這詩雖作得好，但不似蘇李所作。

（二）

"嘉會難再遇，三載為千秋。
臨河濯長纓，念子悵悠悠。
遠望悲風至，對酒不能酬。
行人懷往路，何以慰我愁？
獨有盈觴酒（此句指酒滿杯），與子結綢繆。"

以上〈蘇李河梁贈答詩〉第二首詩，雖然詩亦作得很好，但看不出蘇李
的背景。我認為"三載為千秋"一句，於蘇李亦不襯合。因蘇武在匈奴
十九年，李亦甚久；但有人解說此是指兩人見面機會而言，決不會見三
年不過數次而已。至於"臨河濯長纓"一句，並不像是沙漠背景，且李
已在匈奴穿朝服，不會如此打扮，故不切實際也。

（三）（句末有圈者均係錢師所加）

"攜手河梁上，遊子暮何之。○○○
徘徊蹊路側，悢悢不得辭。
行人難久留，各言長相思。
安知非日月，弦望自有時。
努力崇明德，皓首以為期。"

此第三首〈蘇李河梁贈答詩〉寫得蒼茫富美感，但決非在沙漠上，河梁
是指橋，北方之橋並不是"∩"形的，春天時河水淺，並不會浸沒頭部，
平常一般人都會在水中行走，到了冬天水深了，水也冷了，則用石架在
水中來行走。但匈奴所處之地，並無此中河梁背景也。

　　以上三首河梁贈答詩都作得很好，但如果說是蘇李贈答，則不很
像。我認為在《漢書》中有〈蘇李贈答詩〉，那才真的是李陵所作，今抄
於下：

　　《漢書·蘇李贈答詩》云：

"行萬里兮渡沙漠，為君將兮奮匈奴；

路窮絕兮矢刃摧，士眾滅兮名已隤。

老母已死，雖欲報恩將安歸！"

此詩極真，明顯可見是李陵帶兵出去，前往沙漠地區與匈奴作戰，第三、第四句是說打敗了。此詩是根據李陵〈答蘇武書〉一文所作，李書中說："子卿足下，勤宣令德，策名清時，榮問休暢，幸甚幸甚！遠託異國，昔人所悲，望風懷想，能不依依？昔者不遺，遠辱還答，慰誨勤勤，有逾骨肉，陵雖不敏，能不慨然。與子別後，益復無聊。上念老母，臨年被戮，妻子無辜，並為鯨鯢，……功大罪小，不蒙明察，孤負陵心區區之意。每一念至，忽然忘生。……昔先帝授陵步卒五千，對十萬之軍，策疲乏之兵，然猶斬將搴旗，斬其梟帥，使三軍之士視死如歸。意謂此時功難堪矣。匈奴既敗，舉國興師，僕疲兵再戰，一以當千，然猶扶乘創痛，死傷積野，然陵振臂一呼，創病皆起，兵盡矢窮，人無尺鐵……然陵不死，罪也。子卿視陵，豈偷生之士而惜死之人哉？然陵不死，有所為也。故欲如前書之言，報恩於國主耳。……嗟乎子卿！夫復何言，相去萬里，人絕路殊，長與足下，生死殊矣。幸謝故人，勉事聖君。時因北風，復惠德音，李陵頓首。"

這首詩雖寫得不及〈大風歌〉般那麼有大氣魄，但描寫當時情調景色，貼切之至。

今再錄〈蘇武答李陵詩〉（言兄弟相別詩）如下（句末有圈者均係錢師所加）：

"骨肉緣枝葉，結交亦相因；

四海皆兄弟，誰為行路人。

況我連枝樹，與子同一身。

昔為鴛與鴦，今為參與辰。

昔者常相近，邈若胡與秦。

惟念當別離，恩情日以新。○○○

鹿鳴思野草，可以娛嘉賓。

我有一尊酒，欲以贈遠人。

願子留斟酌，敘比平生親。"○○○

李陵寫給蘇武的詩尚可，蘇武答李陵之詩則更不對勁。此可能先有假設李陵之詩，然後再加上蘇武答李陵之詩，即李詩先有，而蘇詩後有。此詩是居者送行者，這可從送酒看出來。最後兩句是送行者希望行者留在此地，多留一會兒，決不是因李送蘇，而蘇答李之詩，故"願子留斟酌"一句，是明顯的不對，因為是對方的語氣了。

第二首是居者送行者之詩，是屬於朋友關係，此詩道：

"黃鵠一遠別，千里顧徘徊；

胡馬失其羣，思心常依依。

何況雙飛龍，羽翼臨當乖；

幸有弦歌曲，可以喻中懷，

請為遊子吟，泠泠一何悲。

絲竹厲清聲，慷慨有餘哀；

長歌正激烈，中心愴以摧。

欲展清商曲，念子不能歸；

俯仰內傷心，淚下不可揮。

願為雙黃鵠，送子俱遠飛。"

此詩的"何況雙飛龍，羽翼臨當乖"兩句寫得流於樸率，說今日要分別了。全詩講鳥與馬尚且不捨得分別，何況是人。因為是居者送行者，所以有"請為遊子吟"之句，故決非行者答居者。

第三首是行者(丈夫)對居者(妻子)詩，曰(句末有圈者均係錢師所加)：

"結髮為夫妻，恩愛兩不疑；○○○

歡娛在今夕，嬿婉及良時。○○○
征夫懷往路，起視夜何其；
參辰皆已沒，去去從此辭。
行役在戰場；相見未有期；
握手一長嘆，淚為生別滋。
努力愛春華，莫忘歡樂時；
生當復來歸，死當長相思。”○○○

　　此詩之首四句，寫夫婦分別語，作得甚好。第五句起四句，説明時候已到要辭別了。至“行役在戰場”起四句，説出去當兵，將來可能沒有再見面的機會了。末四句則是丈夫對妻子離別之言，辭藻悽惻纏綿，優美動人。

　　第四首是居者送行者之詩，道（句末有圈者均係錢師所加）：

“燭燭晨明月，馥馥秋蘭芳；
芬馨良夜發，隨風聞我堂。○○○
征夫懷遠路，遊子戀故鄉；
寒冬十二月，晨起踐嚴霜。○○○
俯觀江漢流，仰視浮雲翔；
良友遠離別，各在天一方。
山海隔中州，相去悠且長。
嘉會難兩遇，歡樂殊未央；
願君崇令德，隨時愛景光。”

此詩首句“燭燭”是形容光亮，即這句是説天快亮了。次句説明蘭花在晚間，其芳香更為濃郁。這裏説良夜與早晨並不衝突，因為是説晚上天將亮時，至於“征夫懷遠路，遊子戀故鄉”兩句，可想見二人是在流浪，一人回故鄉，另一人則仍留在異地。到“寒冬十二月，晨起踐嚴霜”兩句。則知作此詩之地點並非在北方，因北方之寒冬已是下雪而非落霜，顯然是在中國。以下"江漢、浮雲"兩句，均是表示離別之意。最後說到"歡樂殊未央"，是訴說回憶歡樂的往事還未及一半，意即回憶歡樂未盡。實是形容內心更感痛苦。

　　從以上《漢書》所載四首詩看，前三首是李陵致蘇武詩，但說來並不對勁，至於第四首，則更不似蘇武贈答李陵詩了。所以我認為這幾首蘇李贈答詩並不可靠。

第十六篇　漢代五言詩（下）
──古詩十九首

　　現在談到漢代的〈古詩十九首〉，今抄錄其中一節如下：

　　"明月皎夜光，促織鳴東壁；

　　玉衡指孟冬，眾星何歷歷。

　　白露沾野草，時節忽復易；（按：此句"忽復易"三字，錢師給圈子特
多）

　　秋蟬鳴樹間，玄鳥逝安適。"

此詩首句的"皎"字，是指夜間之光；"促織"指紡織娘，在東牆之下鳴
叫，正如布穀鳥一般，以動物來喚醒人，有使天地萬物都成為一家的觀
念，即所謂"萬物與我為一"。"玉衡"是指北斗星，在天上轉動，時間指
着孟冬的十月，至於"眾星何歷歷"一句，只是用作押韻，湊狗句子，
實在是多餘的。"時節忽復易"一句，尾三字在說明時間在匆促地向前
轉移着（按：此三字特別生動感人，特加圈子。），顯示時間是我們的生命。
至於尾第二句的"秋蟬鳴"與前面的"促織鳴"有所不同，"促織鳴"是
指短時間的一時鳴叫，秋蟬卻是一直在鳴叫着。末句"玄鳥"即燕子，在
問着"飛往何處去了？"

　　以上八句是講人生宇宙，從草木蟲鳥說到萬物都在變。這一段詩是
講人生的無可奈何與生命短暫，有極大的感慨。

　　此詩不講理論而只講事實，只講天地間的自然現象。這一番寫景不
是死的，也不是靜的；而是活的、動的。

　　詩中所言的"孟冬"和"秋"是相衝突的，據說：秦以前的"十月"

為歲首，九月底為大除夕，十一月即二月……。到了漢太初年間，改為今日用之陰曆，即是：

秦以前：

春：10月、11月、12月；

夏：1月、2月、3月；

秋：4月、5月、6月；

冬：7月、8月、9月。

漢太初改曆：

春：1月、2月、3月；

夏：4月、5月、6月；

秋：7月、8月、9月；

冬：10月、11月、12月。

此詩中所說"玉衡指孟冬"，正是七月，因此正當是促織與秋蟬鳴叫時節。因此有人說：此詩如說是創作於漢武帝前，這說法便不對。因武帝太初前是改月，並非改時，故"孟冬"應該是十月，因此"孟冬"實是"孟秋"之誤，因為這只是改月，我仍可找出不改時的證據，但沒有改時的證據。清代一學者已證明是改月而不改時。此詩明明是寫八、九月之詩，而用"孟冬"二字，王引之駁斥說，"孟冬"是錯了，應該是"孟秋"。

文學有其共相與別相，詩是文學，〈古詩十九首〉當然亦是。"共相"是共同性的，"別相"是個別性的。西方的戲劇有其特定的時空，是逼真的，悲劇是其最高境界。此特定之時空，可一而不可再；但最真實的卻常是不可靠而有幻想性的。中國的戲劇則是脫離時空的，正與西方的相反，它是羣性的、空靈的；中國的文學亦然，中國的道德與人生是在文學的共相中常在的，且有長遠的價值；但西方的則是暫時的、無價值的。

最好的詩是超脫時代與個性，如孟浩然〈春曉〉的"春眠不覺曉"

這首詩，任何人均可體會到此詩中之情景，又如賈島〈尋隱者不遇〉的
"松下問童子，言師採藥去，只在此山中，雲深不知處。"此詩因是
空靈而羣性的，故適合於任何一座山及任何時間。〈古詩十九首〉亦是如
此，它是空靈的、共相的，而見不到其個別性，所以考據起來就不容易。

　　茲再舉〈古詩十九首〉中另一例，道：

　　"凜凜歲雲暮，螻蛄夕悲鳴；

　　涼風率已厲，遊子寒無衣。"

此詩首說"凜凜"是指氣候冷，"歲雲暮"並非"將暮"，亦非"已暮"，而
是"正在暮"，是"夕"而非"夜"；"遊子"與"無衣"是源自《詩經》中
的典故。

　　中國的詩可用典故，胡適之說的"八不主義"不盡對，此處用"雲
暮"亦是用典故；如用新造的字眼就會感到生硬，今日提倡新文學者愛
用新造字眼，與中國傳統文學的寫作方法背道而馳。《小戴禮記・月令
篇》云："孟秋之月涼風至。"如果說"惠風和暢"，那是指夏天(四月
初夏)的風。按照秦代與漢太初後曆法在四季月份安排上有所不同。

　　秦曆排法：

　　春：10月、11月、12月；

　　夏：1月、2月、3月；

　　秋：4月、5月、6月；

　　冬：7月、8月、9月(歲暮)。

　　漢太初後曆法：

　　春：1月、2月、3月；

　　夏：4月、5月、6月；

　　秋：7月、8月、9月；

　　冬：10月、11月、12月。

　　依照秦代曆法，歲暮即係七、八、九月，此說是改月不改時，"歲

暮”是秋，新年是冬，但此説便與上一首的“明月皎夜光”相矛盾了。有人按照此説，證明此詩為漢武帝太初改曆以前的作品。

此詩既説“遊子寒無衣”，則決非孟秋之月，孟秋之月之風是涼風，但此説的是“厲風”了(按：厲風是西北風。)，此詩明明説是“涼風已厲的季節”，所以此詩已非太初改曆前的詩。

最近看到大陸出版一書有〈古詩十九首〉注解，其中説：“嚴冬歲暮而有螻蛄悲鳴，孟秋之月涼風至(《禮記·月令篇》)，涼風是秋天的風，而新詩敍歲暮始云涼風已厲，遊子無衣，那麼，所謂歲暮，當係夏曆八、九月之時。”但這注解有矛盾。夏曆八、九月是秋老虎，不會遊子愁無衣，如非嚴冬，決不用“凜凜”與“悲鳴”，此注用“嚴”字實在不對。

今再舉一例，〈古詩十九首〉中云(按：句末有圈者為錢師所加)：

“回風動地起○○○，秋草萋已綠；○○○

四時更變化，歲暮一何速。”

此詩所説“回風”是指長風，“萋”字有人作“淒”。又，第二句本可作“秋草綠已萋”，但為了詩要押韻，故改成“萋已綠”。此處首句體察景物，極為深刻。又有人説此詩是漢武帝前所作，因“歲暮”是説冬天快要來了。並非已經是歲暮。

有人説九月是歲尾，十月是歲首。此詩如説秋天即歲暮，即改月而不改時。這首詩的最困難解釋之處是“秋草何以會綠”，按理説秋天的草只會黃，前人説：“萋已”即“淒以”，但“綠”字仍無法解釋。説到這裏，我就要提醒大家，讀書要心細而不狹，心大而不粗。“秋草萋已綠”一句可與上一首的“涼風率已厲”一句同樣講法，即八、九月間的草根枯黃了，但草根仍在，春風吹又生。王荊公詩：“春風又綠江南岸。”南北朝時有文曰：“暮春三月，江南草長，雜花生樹，羣鶯亂舞。”説“萋已綠”者，即已在回春，草已萋萋然的綠了，説實在的，説秋草已在綠。某日，唐韓愈去郊外，見地面已有青草，便知年底就會有薺菜等蔬菜了。"回風"即指長風,秋天的風在天邊遠處飄着,冬天的風則是在地上,是惠風,已非涼風,實隱藏着冬天快來之意。

中國的文學作品配合着時令與節氣,蔡孑民先生主張以美學代替宗教。又如陶詩的"犬吠深巷中,雞鳴桑樹顛。"讀來雖覺平常,但可使內心感到生機洋溢,其味無窮。又如:"雨中山果落,燈下草蟲鳴",說明人在山中,是晚上的秋天正下着雨,使人體味出畫不如詩的佳美情調,所以中國的畫家之地位是在詩人之下也。

又如講情調,雞代表朝氣與覺醒,如《詩經》所云:"風雨如晦,雞鳴不已";又如祖逖中夜"聞雞起舞";又有"炊煙四起","胡笳互動"等句,都很有意境與情調,值得欣賞與玩味。

又例如:〈古詩十九首〉中有云:

"驅車策駑馬,遊戲宛與洛;

洛中何鬱鬱,冠帶自相索。

長衢羅夾巷,王侯多第宅;

兩宮遙相望,雙闕百餘尺。"

此詩是罵中央政府的腐敗,亦是在東漢末年期間。五、六兩句是說出大街小巷滿是王侯的豪華大宅。"兩宮"是指漢代皇帝與皇太后之居所。此詩是講當時的中央政府在洛陽而非長安,所以此詩再無法說是西漢之詩,無疑是東漢時之詩。

〈古詩十九首〉中又一例曰:

"驅車上東門,遙望郭北墓;

白楊何蕭蕭,松柏夾廣路。

下有陳死人,杳杳即長暮;(按:即,到也)

潛寐黃泉下,千載永不寤。

浩浩陰陽移,年命如朝露;

人生忽如寄,壽無金石固。

萬歲更相送，聖賢莫能度；

服食求神仙，多為藥所誤。

不如飲美酒，被服紈與素。”

古時的人多用合葬，葬地多在東門，因太陽是從東方升起，此處即說“上東門”。洛陽城之東有三門，一為“上東門”，北望可見北邙山，東漢和魏晉時均用來葬人，故此詩是東漢作品無疑。《昭明文選》將〈古詩十九首〉放在〈蘇李河梁贈答詩〉之前，但“蘇李詩”已證無一首是西漢時所作。

今日有人作調和性的說法，認為這十九首詩有東漢與西漢的各若干首，但在漢太初前，有枚乘即善五言詩，何以自此時直到東漢三百年間無繼起者，因而造成真空，那是斷斷不會的。所以說出於東漢是可靠的。

此詩講的是人生大問題 —— 死生與戀愛，離別包括上兩義，即已把握到人生共相，此詩即充滿桓靈時代的情調，只是消極、悲觀和近佛，故可證明是東漢末年之作。

除了〈古詩十九首〉以外，有人說西漢尚有五言詩，項羽唱〈垓下之圍歌〉時，有人假託虞姬回唱一首詩，此詩作得並不好，詩云：

“漢兵已略地，四方楚歌聲；

大王意氣盡，賤妾何聊生。”

這詩是偽託，辭句很差。

漢初的陸賈，在《楚漢春秋》中有一首五言詩，人說即使是假，亦為漢時所作。但此書亦靠不住，故仍不能證明西漢有五言詩。

今再舉例一首，曰：

“北方有佳人，絕世而獨立；

一顧傾人城，再顧傾人國。

寧不知傾城與傾國，佳人難再得。”

此詩是用五言詩開頭，但其中夾雜了八言一句，所以不能說是正式的五言詩。《左傳》中有說："天下有美婦人，何必見。"此處則是從相反方面來作詩，即用"絕世而獨立"，是改變過來的，"獨立"是超眾太遠而不凡。後人把"寧不知"三字刪去，仍是有喜歡之意。

也有說，此是西漢皇宮的五言詩，時李延年為協律都尉，其妹為漢武帝所寵愛。但李在宮內任職，決不會寫此諷罵漢武與妹之詩，故證明為後人所假託，則仍非西漢時作品。文章有時是不能照正面看的。

今再舉例，〈怨歌行〉云：

"新裂齊紈素，*' 鮮潔如霜雪；

裁為合歡扇，（按：即團扇）* 團圓似明月。

出入君懷袖，* 動搖微風發；

常恐秋節至，* 涼風奪炎熱。

棄捐篋笥中，恩情中道絕。"

"秋扇之怨"典故即由此詩而來。此詩之句上有"*"記號者，實為多餘之句。尤其是"*'"這一句更多枝節，因此處講扇而不講紈。有女文學家班婕妤，即班固之祖上，漢武帝時進宮，後成帝寵愛趙飛燕，班婕妤失寵，因以作此詩。山東出產之絹名叫紈素。此詩是比興，只講扇，到秋天涼時就不用了。此詩之優點是語氣和婉，哀而不傷，但不及〈古詩十九首〉。梁任公說此詩的好處在於用比興。我則認為並不甚好，其比興雖委婉，卻平俗而有枝節，冗句多而無意義。但此詩在其他書中注明是屬古詞，可見不屬五言詩，《文心雕龍·明思篇》亦疑其並非班之作品，故此詩亦可能是東漢時人所作。

又舉例曰：

"迢迢牽牛星，皎皎河漢女；

纖纖擢素手，札札弄機杼。

終日不成章，泣涕零如雨；

河漢清且淺，相去復幾許。

盈盈一水間，脈脈不得語。”

讀了詩後要能與天地及人生配合；蘇東坡作詩就把廣州的天地寫了進去。今日中國文化之危機就是把傳統的時節都除去了，其實我們以後應加以保持中洋並重，不應專重洋節日。

這首詩的主人為河漢女，首句是織女內心在想像中，在思念遠方的他，只是相隔太遠。

此詩是比興，有所寄託，引外在景物以抒發自己之情，是共相。

今再舉一例，詩曰：

“回車駕言邁，悠悠涉長道；

四顧何茫茫，東風搖百草。

所遇無故物，焉得不速老；

盛衰各有時，立身苦不早。

人生非金石，豈能長壽考。

奄忽隨物化，榮名以為寶。”

此詩首句“駕言”是語助詞；“邁”，遠行也。“東風”指春天。至“立身苦不早”一句，道出今日已為別人世界，何不早前好好幹一番。豹死留皮，人死留名，千年萬歲後，榮名安所之。

再舉一詩，曰：

“明月何皎皎，照我羅牀幃；

憂愁不能寐，攬衣起徘徊。

客行雖云樂，不如早旋歸；

出戶獨彷徨，愁思當告誰。

引領還入房，淚下沾裳衣；

人生天地間，忽如遠行客。”

此詩是說有一遠行人，先感到高興，忽爾思潮到來，頓起思歸之心。東漢時期可以說是個人的覺醒時期；也可以說，東漢時期是中國的文藝復興。

以上諸詩都是講個人的人生觀。

談起我國古代，純文學作品很少，三代夏、商、周時沒有。《詩經》三百，雅、頌為宗廟朝廷諷語，只有"風"採自民間，但"風"採得後必加潤飾，故十五國風內容均不相同。此種詩用以採風問俗，是諷喻，是作為政治用途，故古代的民間文學也是經過沙濾了的。

又如《尚書》、《史記》和《春秋》等，都是歷史記載。至於《離騷》，看來似純文學，但卻是為了政治失意而作，故亦是具有政治性，且屈原是貴族出身，是個政治家。

到司馬相如作賦，如他的〈子虛〉、〈上林〉及〈七發〉諸賦，但均非講人生，不過可說是皇宮俳優，只是幫閒文學而已。

到了〈古詩十九首〉，但仍是詩言志，但此時總算已由政治性而轉變為社會性的日常生活了，但並不求人了解，也沒有希望想"立言立德"的意思。不過，我們可以說，〈古詩十九首〉是第一個開創了中國純文學的先河。也就是說，東漢末年已到達了文學成熟期，即從此開始有了純文學，也有了純文學家。

自建安時期起，就有曹丕等人出現，彼等欲以文章傳後世以"立言"，可說是中國文學開始覺醒的時代，文章可以傳之後代而不朽。曹丕的文章只講日常人生，但卻留傳而不朽。

現將中國與西方文學作一概括性的比較。中國文學是帶有教訓性的，是上層的，政治的，內向型的，且不必一定求人了解，是陽春白雪，別人不懂欣賞亦不在乎，而不是主張低級的下里巴人，抱着"後世復有揚子雲，必好之矣……百世以俟聖人而不惑……"的態度。

中國文學是傳下去的，是等待後人去發掘欣賞的，數千年前的文章，今日仍可誦讀。

至於西方文學則是下傾的，向外開展擴張的，且是都會性的、外向型的，如由希臘、羅馬兩城市文化而形成今日歐洲的文化、政治是分散而不統一的（按：只有西方中古時期的耶穌教略似中國，均同用一語文 ——
拉丁文，歐洲人同一信仰的教堂亦趨統一，但缺點是沒有統一的政府。）。西方
文學是娛樂性的，如荷馬的詩歌可在眾人面前唱，但須求人了解，否則
便失敗。且主張推廣銷路，重視空間，但時間一久，便會埋沒。

　　以上談到〈古詩十九首〉，並非一時一人之作，當時這些逐臣棄婦，
或遊子浪婦，這一羣作者，並不為求名求利，只是為了抒發他們的離恨
鄉愁，語不驚險，辭無奇麗，都亦表現出他們各自的深厚情感。我試從
詩句所提及的，無論曆法的不同、服裝的迥異、京都的異地、喪葬的風
俗、氣候的冷暖、季節的不同，以及時勢混亂時的不同人生觀，處處均
可表達出此一批〈古詩十九首〉當是東漢末年之作，而非西漢時的作品。

第十七篇　建安文學

講中國文學史也如同講中國歷史一樣，應該加以分期，魏晉以前的分期可分為四個時代：

(一)詩書時代(周公)

(二)子史時代(《論語》、《春秋》)

(三)騷賦時代(屈原)

(四)建安文學時代(曹操、曹丕、曹植三父子)

以上前三個時代，前已講述。以下講建安文學時代。建安是東漢獻帝的年號，由初平四年而改為建安年號，時為公元 196 年，當時曹操帶漢獻帝遷都至許昌。

建安時代的文學為中國的新文學，此時期之政治固屬黑暗，但此時期的文學卻是劃時代的，極足稱道，因先前之時代，中國文學中如《詩經》、諸子與《離騷》等，其文學之表達均無獨立觀念與自覺性。直到建安時代，曹操父子開始，才建立起建安新文學。

其實，所謂建安新文學，亦可說是繼稍早前之五言詩之風格而來，由於漢末士大夫飽經黨錮之禍，藏隱在門第，而沒有門第可躲藏的寒士，則心情大變，無心關懷政治，遂創出如〈古詩十九首〉一類的作品，專注於人生悲歡離合、社會日常瑣事；談富貴功名者少，論兒女私情者多，此等少數讀書人開創了一條新的平民文學之路，與雅頌騷賦迥然不同。而曹操及曹丕父子雖在政治上已躍升為領袖，但其作品則並無官僚吐屬，卻仍出於私人情懷，實乃繼承〈古詩十九首〉之後，在其文學作品中表露出其人生獨立觀念，可謂舊瓶裝新酒，體裁雖與前相同，內容卻變化多端，如曹操〈短歌行〉云：

"對酒當歌，人生幾何？

譬如朝露，去日苦多。

慨當以慷，憂思難忘。

何以解憂？唯有杜康。

青青子衿，悠悠我心。

但為君故，沉吟至今。

……

月明星稀，烏鵲南飛。

繞樹三匝，何枝可依？

山不厭高，水不厭深。

周公吐哺，天下歸心。"

曹操的很多詩歌，都是對現實人生所感受的及時之作，時效性高，作者對當時人生的生活感受作出深情傾吐，情理融和，感人至深。又如曹操的〈薤露行〉中道：

"賊臣持國柄，殺主滅宇京。

蕩覆帝基業，宗廟以燔喪。

播越西遷移，號泣而且行。

瞻彼洛城郭，微子為哀傷。"

此章描寫董卓作亂，火燒洛邑遷都長安，而洛陽一片殘毀而造成人民的重災難現象。曹操之所以要平定董卓、袁術、袁紹及劉表諸野心家之亂，並非為個人私慾而想奪取國家之政權，實乃自其父祖三代以來皆獲漢王室重任，有以圖報之故。他之本心只望晚年在譙縣之東僻處建一書齋，於夏秋兩季讀書，春冬兩季則外出打獵，在草澤山野與農夫樵民為伍，與世隔絕以度餘年。

由於曹操當時已是漢獻帝時之丞相，並已晉封為魏王的地位，但他的文章卻仍然似一位普通下民身份傾吐心聲，這便是他人所不及之處。

因此曹操之〈讓縣自明本志令〉，用以普告天下及其僚屬，說明本人絕無謀朝篡位之野心，至於不願放棄兵權，實為了怕遭人陷害，兼且江湖未靜，但慷慨讓出所封食邑四縣中之三縣，以表誠意。曹操以率直坦誠之心表達其奉公為國之願望，其毫無拘束、絕無私隱的直抒胸臆，使人信服，也使他造成前所未有的揮灑自如文章特有風格。[1]

曹操的兩子曹丕與曹植，他們的詩文也都承襲父風，但在對文章的某些見解各有不同。如曹丕的名篇〈典論‧論文〉，主要是評述建安七子的文學作品及曹丕本人討論文章的個人見解。這篇文章是建安末年(約公元 218 年左右)，曹丕為太子時所寫，是其〈典論〉中所殘剩的一篇所謂〈論文〉，曹丕認為〈典論〉是他重要的作品。他那時加上另外數文用來贈予當時稱臣的孫權，和勸孫權向曹丕稱臣的張昭。漢代有石經，至今尚有殘存者；曹丕亦刻〈典論〉於六大石碑上，可見曹丕有學者頭腦，亦尊重學術，兼且自己能寫。後來由於政治上不為人所看重了，因此〈典論〉也失傳了，今在《全三國文》卷八有嚴可均的輯本，在《昭明文選》中收錄其〈論文〉一篇。

曹丕的〈論文〉表達了文學家的曙光，為中國文學史上之呼聲。自有其價值。但此文與其弟曹植所言，適為鮮明之對比。曹子建(植)與楊修(德祖)信中說：

1　編錄者附誌：余近重讀錢師《師友雜憶》，知錢師賓四 28 歲時由小學執教十年後，轉入廈門集美學校任教。錢師教的是高中部及師範部的三年級兩班國文，他自述第一堂選教的便是曹操的〈述志令〉，當時學生聽後極為欽佩，而當時的校長在課室外窺聽，也大為滿意，次日即設宴大擺筵席，請錢師上座以示推尊。但此文並未選入《昭明文選》中，陳壽的《三國志》亦未抄錄，幸有裴松之注補錄，遂引起錢師注意，首加選講。錢師認為這是他研治中國文學史之創見。認為建安時期乃古今文體一大轉變，不但當繼承漢末之五言詩，且散文體亦有大變異，曹氏父子三人為建安文學時期帶頭人，故有其大貢獻。而曹操在文學上之成就與特殊地位，實為錢師近代最早之發現者。

　　"辭賦小道，固不足以揄揚大義，彰示來世也。昔揚子雲，先朝執戟之臣耳，猶稱壯夫不為也。吾雖德薄，位為藩侯，猶庶幾戮力上國，流惠下民，建永世之業，流金石之功，豈徒以翰墨為勳績，辭賦為君子哉！若吾志未果，吾道不行，則將采庶官之實錄，辨時俗之得失，定仁義之衷，成一家之言，雖未能藏之於名山，將以傳之於同好；非要之皓首，豈以今日之論乎！其言之不慚，恃惠子之知我也。"

　　曹植此番論說，從文學立場來看，不如曹丕所言甚遠。曹丕才是真正文學家，能看出文學之價值。楊德祖反對曹植之意見，其答曹植之信道：

　　"今之賦頌，古詩之流，不更孔公，風雅無別耳！修家子雲，老不曉事，強著一書(意指《太玄》)悔其少作，名此仲山周旦之儔，為皆有愆耶！君侯忘聖賢之顯跡，述鄙宗之過言，竊以為未之思也！若乃不忘經國之大美，留千載之英聲，銘功景鐘，書名竹帛，斯自雅量，素所蓄也，豈與文章相妨害哉。"

　　此番意見說得極好，但文章辭藻之美則不及曹丕。曹丕是在中國文學史上講文學之價值與技巧的第一人。建安時代是文學覺醒之時代，當以曹丕為代表。丕在〈典論・論文〉中談及文章之技巧云：

　　"文以氣為主，氣之清濁有體，不可力強而致，譬諸音樂，曲度雖均，節奏同檢，至於行氣不齊，巧拙有素，雖在父兄，不能以移子弟。"

今日吾人論文章可分說理文，即是指的《論語》、《孟子》、《荀子》、《墨子》、《莊子》、《老子》、《韓非子》諸篇；另一種是記事文，即是指《左傳》與《史記》、《漢書》等；再有是抒情文，指的如《詩經》及《離騷》

等三種。但提出“文以氣為主”這一主張的，二千年來當以曹丕為第一人。到了清代，如桐城派人姚鼐提出文章之氣有陽剛、陰柔之分，此説法亦自曹丕承襲而來。論氣有清濁，不可勉強而得。文章亦大體似音樂之曲度與節奏。文章之技法易講，但氣是活的，是神氣，是活的魂，故即使全懂文法和文體，亦不一定能寫出好文章來，因文章之好壞，其關鍵在氣。

　　韓愈説，文章要講究聲調，亦即仍以氣為主。姚鼐説文章要朗誦，要唱，即自其聲了解其氣，此即所謂神韻。中國一切藝術均以氣為主，此乃與西方談文學不同之點所在。我們可以根據“文以氣為主”一句去讀曹丕在一千七百年前所寫之文章，就能得其氣，人生不應該生活得太嚴肅，應能夠欣賞文學之活潑化。

　　至於文章的體，則較氣易講，曹丕説：

　　　　“文本同而末異，蓋奏議宜雅；書論宜理；銘誄尚實；詩賦欲麗；此四種不同，故能之者偏也。惟通才能備其體。”

這裏説到奏議要雅，那是指共同性的；而書論要理，是要求清楚而有條理；至於刻銘與誄文，是照它説它，要實實在在；即是説，文章開始時間相同，後來則體各有異了。至於能文者也，只是偏於某一體，如太史公精於寫史論而不精於詩，像近人胡適並不能作詩，他主張“八不主義”也只是一種議論；“八不”並非正面講法。他的詩只是別裁而非正宗。韓愈可説兼能詩文，但他亦有偏。蘇東坡亦是能詩能文之人，但他亦有不如韓愈的，且不長於敍事史及碑誌文，都只是能精於一體的為多。暢銷書並非價值極高，只是一體而已。故報紙的白話文，也只是備一體而已。

　　印度泰戈爾來中國，請徐志摩寫一詩以表歡迎，但徐寫的詩體，並不適宜用作歡迎，因體裁各有不同；當時徐志摩所寫的題目是〈泰山日

出〉，又説歡迎泰戈爾。這詩寫得確是很麗，但文體不適合，應該用"銘
誄尚實"才對。這是由於新文學家對傳統的舊文學太不了解之故。

曹丕再在〈論文〉説到文之天才性，道：

> "文人相輕，自古已然。傅毅之於班固，伯仲之間耳，
> 而固小之，與弟超書曰：'武仲以能屬文，為蘭台令史，
> 下筆不能自休。'夫人善於自見，而文非一體，鮮能備
> 善，是以各以所長，相輕所短。"

胡適説："隻手獨打孔家店的老英雄。"因此我對此人覺得有趣，且
萬分同情。這並非説"理"，也並不"雅實"，只是"麗"，而是"俗麗"。
一般青年人上了他的當。其實不應該學這一套。胡適不講道理，只説
"禮教吃人"的口號，而並不説出理，這只是文學修飾；就如用"阿 Q"
之名，只是使人產生興趣，只能使青年人衝動，似輕鬆而又嚴謹。五四
運動之大影響，並非有一套理論，卻是有一套新文學幫助，來吸引感動
人。這是粗的俗的通俗文學，有力量，但這種文體卻並不能用來討論嚴
肅的文化思想。

現在生物已進化到人類，但其他動、植物仍然不能不要。所以有了
白話文，仍然可以存在其他文體，不能單用白話文學史來代表全部過去
的歷史。

書札也有一體，寫信最好的當是曹丕曹植兄弟時期的同一輩人，可
謂古今絕唱。例如太史公〈報任少卿書〉中講其一生，寫得極好。一生人
也難得能寫那麼幾封信。曹丕的書信寫的是親切有味的日常人生瑣事；
西方人描寫人生則是別人的、社會的，中國人描寫的人生則是將自己投
入進去，材料均來自自己本身。説不定將來創出一種東西調和的文體，
讓我們可以接受新的作品。

到曹氏父子出，寫書信體的多了；後來王羲之出，着重字的藝術，

寫出十三行，不再重視信的內容，看重的是字，稱做“帖”，如此後的蔡
襄〈蒙惠帖〉，顏真卿的〈自書告身帖〉，即是把極平常的人生放進最高的
文學及書法藝術中去了。

　　建安時代的曹氏丕、植兄弟，他們的作品本來是不相伯仲的，前人
重曹植而不重曹丕，但劉勰說了一句公平話。他在《文心雕龍・才略篇》
中說：

> “魏文之才，洋洋清綺。舊談抑之，謂去植千里。然子
> 建思捷而才儁，詩麗而表逸，子桓（丕）慮詳而力緩，……
> 而樂府清越，〈典論〉辯要……但俗情抑揚，雷同一響，遂
> 令文帝以位尊減才，思王以勢窘益價，未為篤論也。”

此處以“位尊減才，勢窘益價”簡單八個字，說明了兩兄弟，因哥哥做了
皇帝，減了才，弟弟不得已，別人同情他而地位提高了。

　　王船山擅於批評他人之詩，他在《薑齋詩話》中道：

> “曹子建（植）之於子桓（丕），有仙凡之別。兩人稱子
> 建，不知子桓，俗論大抵如此。”

此處指曹丕是仙，曹植是凡。可見我人讀書，不可只聽一個人的話，否
則見解有限也。

　　文學貴能自覺獨立，其本身即有獨立的價值技巧，此即始於建安文
學，特別是曹丕發表〈典論・論文〉以後，於是魏後有兩晉，再下去是
齊、梁、陳，此時期之政治雖黑暗，但文學卻極昌盛，此時期之宗教、
藝術、音樂均達到極偉大之成就。

　　當時對文學提出最著名的理論是陸機士衡，著有《陸平原集》。他作
的〈文賦〉，是專講文學之寫作技巧。不過卻忽略了文學的道德價值。陸
機特別強調一個人在創作前不可貿然下筆，應先讀萬卷書，行萬里路，
積累自己的豐富學歷與經歷以後，然後才開始寫作，如此的作品，才是

充實而飽含光輝，寫作時並加以適當剪裁，將"物"、"意"和"文"加以融會貫通，然後才能達到"詩緣情而綺靡"的抒情境界，而把先秦時期那種道德功利觀念棄之於後，並將文學體裁有句讀文加以擴充而分為十二類。將有韻文分為賦頌、哀誄、箴銘、占繇、古今體詩及詞曲六類，將無韻文分為學說、歷史、公牘、典章、雜文及小說六種。

陸機在〈文賦〉中，所談到的包羅命意、遣辭、體式、聲律、文術、文病、文德及文用各項。時人讚他"天才綺練，當時獨絕，妙解情理，心識文體，故作〈文賦〉"。認為曠古以來，未有能及此篇之精確者。

且陸機本人，天才秀逸，辭藻優美，葛洪稱讚他道："猶玄圃之積玉，無非夜光焉，五河之吐流，泉源如一焉，其弘麗妍贍，英銳飄逸，亦一代之絕乎！"其受人推崇如此。

接着就有鍾嶸的《詩品》，鍾嶸，南朝梁潁川人，曾任晉安王記室，著有《詩品》三卷。《詩品》是中國最早的詩學評論專書，意即"詩學的品評"，他把從兩漢一直到梁為止的一百二十多位五言詩作家劃分為上、中、下三品，並對每一位詩人加以評述。鍾嶸認為曹操的作品只是下品，將陸游評為中品，實在有點偏見。而將陸機評為上品，主要是他承襲了陸機〈文賦〉和劉勰的《文心雕龍》之創作精神。

鍾嶸《詩品序》云：

"五言居文詞之要，是眾作之有滋味者也，故云會於流俗，豈不以指事造形，窮情寫物，最為詳切者耶？故詩有三義焉，一曰興，二曰比，三曰賦。文已盡而意有餘，興也；因物喻志，比也；直書其事，寓言寫物，賦也。宏斯三義，酌而用之，干之以風力，潤之以丹彩，使味之者無極，聞之者動心，是詩之至也。若專用比興，患在意深，意深則詞躓。若但用賦體，患在意浮，意浮則文散，嬉成流移，文無止泊，有蕪漫之累矣。"

寫詩主張五言詩為各類詩中之要，以其味厚。鍾嶸又主張使用比、興、或賦均不可過濫，當酌量用之，多用比、興則容易踐踏過多而不利；多用賦體則文詞易於浮散，故宜均衡運用之。始能突顯五言詩的滋味。

其實從滋味來論詩歌的藝術，也非鍾嶸獨創，古人中如《呂氏春秋》有鍾子期、俞伯牙以高山流水結知音的故事，便是用琴藝來講滋味。又如王褒的〈洞簫賦〉中云：“良醰醰而有味。”那是用簫聲來論滋味了。而最早的要推《禮記・樂記》中所說的“大羹不和，有遺味者矣。”所以古人用滋味來論藝文，其來有自。

鍾嶸《詩品序》中又說：

> “若乃春風春鳥，秋月秋蟬，夏雲暑雨，冬月祁寒，斯四候之感諸詩者也。
>
> 　凡斯種種，感蕩心靈，非陳詩何以展其義？非長歌何以騁其情？”

人生於世，所面對之日常生活遭遇與相處一年四季之百態，攝入我人心靈而感動發而為文，再加上華茂的辭采，則將是一首成就高的五言詩矣。相傳鍾嶸早年曾拜訪沈約，沈約在梁武帝時，官至尚書令，他博通羣籍，著述宏富，鍾嶸希望他為之揄揚而遭拒，遂在沈約卒後置其詩作於《詩品》中列為中品，人謂此乃鍾嶸為報復其宿怨，其實此亦人情之常，不無可能。

現在談到劉勰的《文心雕龍》，章學誠在《文史通義》中讚揚此書“體大而慮周”（按：傳說此書名為沈約所改，全書曾為沈約訂正潤節。是否可信，姑存此說。）。全書分為十卷，卷一至卷五是討論文章的體裁，如下：

　“卷一：原道　徵聖　宗經　正緯　辨騷
　卷二：明詩　樂府　詮賦　頌贊　祝盟
　卷三：銘箴　誄碑　哀弔　雜文　諧讔

卷四：史傳　諸子　論說　詔策　檄移

卷五：封禪　章表　奏啟　議對　書記

以上五卷主要是說明‘本乎道，師乎聖，體乎經，酌乎緯，變乎騷，文之樞紐，文之極矣。”

至於卷六至卷十，則論述修辭的原理與方法，如下：

“卷六：神思　體性　風骨　通變　定勢

卷七：情采　鎔裁　聲律　章句　麗辭

卷八：比興　誇飾　事類　練字　隱秀

卷九：指瑕　養氣　附會　總術　時序

卷十　物色　才略　知音　程器　序志

此五卷是‘剖精析采，籠圈條貫，摛神性，圖風勢，苞會通，閱聲字，崇替於〈時敘〉，褒貶於〈才略〉。”

總之，上五卷是比較分析；下五卷是演繹歸納，可稱允當。例如他在〈明詩篇〉說：“宋初文詠，體有因革，……儷采百字之偶，爭價一句之奇。情必極貌以寫物，辭必窮力而追新”便是主張要適當地運用辭藻文采，但又得把個人所經歷的人生苦甜如實詳盡地表達出來，即是文字的聲律麗辭固然重要，但內文的情志事義也須充分加以闡述表達，亦即是為文的技巧方法與實質內容須並重而不可偏廢。所以劉勰在〈情采〉中說：

“聖賢書辭，總稱文章，非采而何？夫水性虛而淪漪結，木體實而花萼振，文附質也。虎豹無文，則鞹同犬羊，犀兕有度，而色資丹漆，質待文也。……故立文之道，其理有三，一曰形文，五色是也。二曰聲文，五音是也。三曰情文，五性是也。五色雜而成黼黻，五音比而成韶夏，五情發而成辭章，神理之數也。”

此節說明了文章的辭采將其實質內容襯托出來，使文與質相得益彰，因此而得以留傳於後世。自古聖賢文詞，莫不如是。

六朝時期，尤其是到了梁，可以說是文學藝術最昌盛的時期。梁武帝子蕭統(昭明太子)作《文選》，這是一本詩文總集，世稱《昭明文選》。如照年代分，我國古代文學史依照次序分是《詩經》，史、子、騷、賦及五言詩及《昭明文選》，《文選》的內容除《詩經》外，選入的包括周、秦、漢、晉、宋、齊、梁七代之詩文作品，共有一百三十位作家，全書分為三十八文體，包括《離騷》與《楚辭》在內。吾人如欲研究古代文學，除研讀《詩經》外，再加上《昭明文選》就足夠了。

《文選》既成了七代的詩文總集，有所謂"選體詩"和"選體文"，故有了"選學派"之稱，已成為文學的一派了。如要懂古代文學，則非研讀《昭明文選》不可。

昭明太子《文選序》曰：

"姬公之籍，孔父之書，與日月俱懸，鬼神爭奧，孝敬之准式，人倫之師友，豈可重以芟夷，加之剪裁。老莊之斥，管孟之流，蓋以立意為宗，不以能文為本，今之所撰，又亦略諸。

若賢人之美辭，忠臣之抗直，謀夫之話，辨士之端，冰釋泉湧，金相玉振，所謂坐狙丘，議稷下，仲連之卻秦軍，食其之下齊國，留侯之發八難，曲逆之吐六奇，蓋乃事美一時，語流千載，概見墳籍，旁出子史，若斯之流，又亦繁博，雖傳之簡牘，而事異篇章，今之所集，亦所不取。至於記事繫年之書，所以褒貶是非，紀別異同，方之篇翰，亦已不同。若其贊論之綜緝辭采，序述之錯比文華；事出於沉思，義歸乎翰藻，故與夫篇什，雜而集之，遠自周室，迄於聖代，都為三十卷，名曰《文選》云爾。

> 凡次文之體，各以彙聚，詩賦體既不一，又以類分，類分
> 之中，各以時代相次。"

此處首句"姬公"，即指周公。首段說明周公、孔子之經文，因不能任意裁剪刪節，有傷原來面貌，故只好不選入，並非不尊崇周公、孔子。至於不選入老、莊、管、孟之文，由於諸子重立意而非重文，故亦不予加入。記言亦不加入；至於記事，份屬歷史而非文學，亦不闌入。《文選》選文之標準，其實並非昭明太子一人之見解，而是代表當時整個時代的見解。這是文學的開始覺醒與獨立的時代。

中國最高的文章沒有內容，沒有理論，沒有思想，是空的。唐代重要的是科舉制度考秀才，秀才即是傑出之才。有"《文選》爛，秀才半"、"《文選》熟，秀才足"之稱。可見唐代重視《昭明文選》，唐代由杜工部、韓昌黎一輩大文豪開啟新的文學運動，後人欲找出韓愈、杜甫之詩文，出處都在這本《昭明文選》中。

綜合言之，談到建安文學，主要的除曹操三父子外，不能不談到建安七子。曹丕的〈典論‧論文〉中，首先談到這七人。就是：

"魯國孔融文舉，

廣陵陳琳孔璋，

山陽王粲仲宣，

北海徐幹偉長，

陳留阮瑀元瑜，

汝南應瑒德璉，

東平劉楨公幹。"

但事實上，孔融並無列入建安七子之中，因為其文師法蔡伯喈，《文心雕龍‧誄碑》中云："孔融所創，有慕伯喈。"所以非建安一派，只是曹丕所喜之友好。他不幸在建安十三年為曹操所誅。其實孔融性格寬

厚，喜好獎掖後輩，他任職大中大夫時，閒暇時間多，每天招待賓客經常坐滿一屋子，所以孔融常說："座上客常滿，壺中酒不空，我沒有憂慮了。"他生前與蔡邕非常友好，蔡死後，孔融仍很想念他，因此每當酒會時，便請來一位相貌很像蔡邕的勇士常來作陪。人家問起他，便回答道："雖然故人已逝，但他的樣貌依然還在呀！"

孔融自幼就很聰明，且能言善辯，而富有急智，他小時候闖入李膺家中作客，他與李膺辯難，使李無法招架。李說："你孔融小小年紀，已經口才便給，你長大了一定大有出息，可惜我命不長久，看不到你的成就了。"孔融說："大人離死之期還早着呢？"李急問道："此話當真？"孔答："人之將死，其言也善，今大人所言都是不中聽之言，怎會如此快死去呢？"李膺正尷尬之際，大夫陳韙助腔道："此孩小時了了，大未必佳。"孔融反唇相譏道："看來你小時候一定是很聰明的了。"弄得陳韙也自討沒趣哩。

陳琳先為袁紹使典文章，紹敗歸曹，當時曹操責備他道："你從前為袁紹寫文稿，訴說我罪狀那是無話可說，但竟連我的父祖都被你痛罵，是何道理？"陳琳謝罪，太祖因愛其才而沒有處罰他。

王粲於獻帝初平四年時避地荊州，至建安十三年才歸順曹操。粲在荊州十五年之久，但並不得志，當時作品雖多，但留傳的僅〈登樓賦〉及詩若干首而已。其〈登樓賦〉中有云：

"雖信美而非吾土兮！曾何足以少留。

遭紛濁而遷逝兮！漫踰紀以迄今。（按：十二年曰紀）

情眷眷而懷歸兮！孰憂思之可任。

悲舊鄉之壅隔兮！涕橫墜而弗禁。

夜參半而不寐兮！悵盤桓以反側。"

王粲作此文，乃是借登樓以發洩懷才不遇之苦悶心情。至今已成傳誦之名篇。王粲記憶力特強，能背誦碑文，一字不差；棋亂後能擺正，亦一字不差。善作文，舉筆即成，不須改定。粲於建安二十二年卒，時年四十歲，人云早發者不壽。

順便說起一個故事，王粲生前愛聽驢子叫，他死後，曹丕帶領百官參加了他的喪禮，便對眾人說："王粲喜歡聽驢叫，大家都用驢叫來送別他吧！"於是曹丕帶頭，一眾人都以驢叫送別。

阮瑀與元瑜，與陳琳同為魏太祖記室，軍國書檄之文，多為二人手筆。此即曹丕〈典論・論文〉所稱之"琳、瑀之章表書記，今之雋也。"曹丕在〈與吳質書〉中亦有提及道："孔璋(陳琳)章表殊健，微為繁富。"但不及瑀。

應瑒德璉，他與劉楨俱以文才為曹操與曹丕所禮遇。曹丕在〈與吳質書〉所提及的，就是"徐、陳、應、劉，一時俱逝。"就是指徐幹、陳琳、應瑒與劉楨。他們四人都早已逝去。建安時期的文人，多是英年早逝，不知是否詩酒應酬過頻，以致傷肝病亡。這養生問題實在是我們讀書人應該注意之事。

至於劉楨公幹，曹丕在〈與吳質書〉中，說"公幹有逸氣，但未遒耳；其五言詩之善者，妙絕時人。"可能劉楨多病，劉筠作詩曰："節物變衰吟更苦，可堪漳浦臥劉楨"，因而常用來作臥病的典故。某次曹丕請客，其夫人出來拜客，其他賓客都伏地不敢看，獨有劉楨站着直看甄夫人，曹操大怒，革職後罰他做苦工，去尚方署磨石塊，某日曹操去巡視，戲問劉楨"石頭如何？"劉楨跪答道："此石磨之不添光潤，雕之不增美觀，乃由於秉性堅貞，自然形成之故也。此石看來紋理多彎曲，卻不合規矩哩！"曹操聽後哈哈大笑，當天免了他罪，官復原職。其實，劉楨的這一番解釋，正是描寫他本人的性格也。曹操之所以大笑，原因亦在此。

大致來說，建安時期的文學，除曹氏三父子，魏武"雅愛詩章"，文帝丕"妙善辭賦"，陳思王植則"下筆琳琅"，此後"俊才雲蒸"，當以建安七子時期五言詩為大盛。人謂建安文學中好手有二，厥為曹植子建與王粲仲宣，余謂曹操魏武"御軍三十餘年，手不捨書，晝則講武策，夜則思經傳，登高必賦，及造新詩，被之管弦，皆成樂章。"是以亦不可小看魏武之詩作也。

第十八篇　文章的體類

談到文章的體類，應從三方面講起。

(一)文學的內容；

(二)文學的對象；

(三)文學的工具與技巧。

談及文體便不出以上這三條路。

文學的內容是作者所要求表達的。此處指的是言，是作者要講的話。

文學的對象是作者所要求表達的對方，這是指人，就是作者要講給誰聽。

文學的工具與技巧是作者所要求表達的運使，這是指文，就是作者要如何去講。

《論語》中說："可與之言而不與之言，失人，不可與言而與之言，失言。"

《論語》又說："中人以上可以語上，中人以下不可以語上也。"意即我們對"中人以上"的人可以同他談高深的理論，對"中人以下"的人，則不可以同他談高深的理論。

《論語》又說："言之無文，行之不遠。"就是說，講話要直白，這是通常的一般情況，但有時講話則應"曲"些"文"些為妙。如直講則聽來就沒有意味了。可以一層意思分兩層來講。我國古代的文學由《詩經》到史到諸子到《離騷》到《楚辭》再到五言詩……這是文體在變，這是文學史上的大問題。

談到文學的內容，它可以包括說理、記事與抒情各類，"說理"指孔、孟、老、莊、墨等諸子；"記事"指《史記》、《漢書》等史著；"抒情”指《詩經》、《楚辭》及五言詩等作品。

　　就文學作品的說理言，第一要真實，說理的要表達真理；寫歷史的要撰寫信史；抒情的要真情流露。

　　第二要自然，其實文學作品除了說理、記事和抒情以外，尚須加上“言志”。因為《詩經》三百首是言志的，與抒情有所不同。如《詩經》的“昔我往矣，楊柳依依；今我來思，雨雪霏霏”，照字面看，這是抒情，但這是元帥所作，而非小兵所作，其意是元帥體恤士卒，使士卒高興。所以是含有政治作用的。

　　又如《詩經・周南》的〈關雎〉詩中所說：

“關關雎鳩，在河之洲。

窈窕淑女，君子好逑。

參差荇菜，左右流之。

窈窕淑女，寤寐求之。

求之不得，寤寐思服。

悠哉悠哉，輾轉反側。

參差荇菜，左右采之。

窈窕淑女，琴瑟友之。

參差荇菜，左右芼之。

窈窕淑女，鐘鼓樂之。”

這首詩表面上看起來，是講有一男士愛上了一位身材苗條、容貌美麗的姑娘，這男孩時時刻刻想念着她，即使在夢中也是翻來覆去的睡不着，還是想着她，希望成為一對好配偶。這表面上是抒情的，實際上也是在言志。是講文王之德化，亦是諷刺康王之晏朝。其實《詩經》三百首，都是有政治作用的上層文學。

　　《詩經》的國風，這風是指十五國的風，都是當地的鄉土民風。由采詩之官去採，可能〈關雎〉一詩在周南被採去後，經過整理發表，用作另一番道理。因周康王不早起，其后命其早起辦事，説如不早起便是我為后之罪，便非淑女也。勸説不要為了迷戀愛情而耽誤了政事，這就是諷喻，也即是言志。

可以説，中國有真正的文學當自建安時期開始。至宋元時代才有西洋文學之體裁風格。在先秦諸子時代，有儒家、道家、墨家、法家、名家、農家、縱橫家、小説家等各家，各家思想不同，故其文章亦不同。儒家的孔子、孟子和荀子都是教育家，都是最會講説話的人。

孔子如鐘，"大扣大鳴，小扣小鳴，不扣不鳴"，孔子回答人的方法亦是如此。孟子、荀子亦都如此。即所謂"夫子時而後言。""賜也，始可與言詩已矣。"

莊子則是玩世不恭，並非板起面孔要教訓人。但他所講的寓言，其實亦相當有道理。

老子又有所不同，他認為不配與人講。你們越不懂，我的地位就越高。所以説："知我者稀，斯我貴矣。"

但孔子的態度是"知我者其無乎！"

墨子則是一定要講到你明白為止。因為他是社會活動家，是宗教家。莊子形容墨子之言是"強聒而不捨。"就是硬要對你説。

孔、孟、老、莊的意境高，至於縱橫家、小説家和法家等就低了。

孔子之偉大，正如一間百貨公司，貨真而價實。

説理的文章要面對廣大的人羣，如墨子之喜為大眾講話。孟子則不然，他是要"得天下英才而教育之，一樂也。"

至於西方的如荷馬和蘇格拉底，他們是面對羣眾的、社會的。與中國的《詩經》之針對政治圈子，諸子的針對學術圈子，均非為社會大眾，所以中西文學是有所不同。

再講到記事方面，是指歷史著作，可分官史和私史。《春秋》是一本官史，孔子説："春秋，天子之事也，知我者，其惟春秋乎！罪我者，其惟春秋乎！"

　　太史公的《史記》，是私史。他修史的宗旨是為要"究天人之際，通古今之變，成一家之言。"魯迅說它是"史家之絕唱，無韻之《離騷》。"但卻並不是放在國史館中，而是藏之名山，傳之其人，以待將來給後人看的。

　　中國人重視寫史的自由，立言是三不朽之一，寫史就可立言，為要在歷史上留名。卻並不重視天堂、靈魂這一套說法。

　　曹丕曾出來說："蓋文章，經國之大業，不朽之盛事。年壽有時而盡，榮樂止乎其身，二者必至之常期，未若文章之無窮。是以古之作者，寄身於翰墨，見意於篇籍，不假良史之辭，不託飛馳之勢，而聲名自傳於後。"所以周文王演《易》，周公作《周禮》，其名留芳百世。

　　曹丕認為建安眾文友中，他們的體貌與萬物同歸塵土，乃人生之大痛，惟有徐幹著有《中論》一書，足以留名後世，成一家之言也。

　　至於抒情的文字，《離騷》可以說是中國有純粹文學的開始。太史公在〈屈原列傳〉中說：

　　　　"屈平疾王聽之不聰也，讒諂之蔽明也，邪曲之害公也，方正之不容也，故憂愁幽思而作《離騷》。《離騷》者，猶離憂也。夫天者，人之始也；父母者，人之本也；人窮則反本，故勞苦倦極，未嘗不呼天地；疾痛慘怛，未嘗不呼父母也。屈平正道直行，竭忠盡智以事其君，讒人間之，可謂窮矣。信而見疑，忠而被謗，能無怨乎？屈平之作《離騷》，蓋自怨生也。"

屈原博聞強記，明於治亂。雖然謀國以忠，事君以誠，卻被上官大夫那班小人所讒害，致被懷王所疏遠，屈原遂憂愁幽思而作《離騷》，以抒發他的憤懣不平之氣，以冀懷王感悟。惜襄王時復用讒，並被謫放江南，終自沉汨羅江而亡。

好的文學作品必須具備純真與自然。真是指講真理、講真情。鳥鳴獸啼是自然的，雄鳥鳴聲向雌鳥求愛固然是出於求愛，但晨鳥在一無用心時鳴唱幾聲，那是最自然不過的流露；花之芳香完全是自然的開放，如空谷幽蘭，它不為甚麼，也沒有為任何特定的對象而開放；又如行雲流水，也是雲不為甚麼而行，水不為甚麼而流，只是行乎其所不得不行，流乎其所不得不流，這是最純真最自然的行與流。寫作也是如此，要一任自然。文學作品至此才是最高的境界。"國風好色而不淫，小雅怨悱而不亂"，屈原的《離騷》色而不淫，悱而不亂，可謂兼而有之，他怨得純真而自然，而超越了他的現實人生，但不會出亂子。所以是好文章。當我們人生遇到悲歡離合的情況時，就當看作是行雲流水一般。

文學是情感的，是生命，也可以說是間接的生命，如太史公的《史記》、《孟子》以及《莊子》等作品，其作者都把自己的生命寄託於理論中。

文學又是時代的，如〈孔雀東南飛〉這首一千七百字的長詩，是描寫東漢時焦仲卿夫婦同殉的事跡。焦妻劉氏自誓不嫁，為焦母所逼，投水而死，焦仲卿亦隨之自縊而亡。這只是小生命，但與時代無關。大生命是有時代性的，它不但有內在的生命力，而且有外在的生命力。

最高的文學是不求人解的。老子所謂"知我者稀，斯我貴矣。"孔子說："不患莫己知，求為可知也。"總之，文學的境界是面對有人，但面對無人是最自然的境界。《離騷》是有怨，但屈原並非要講給人聽。

所謂文學，並非將生命、感情放進去就成為文學；而是將生命、感情以及有時代性的內在生命力和外在生命力，四者配合起來才成為文學的。如屈原弟子楚國的大夫宋玉的〈登徒子好色賦〉，其賦曰：

"大夫登徒子侍於楚襄王。短宋玉曰：'玉為人體貌閑麗，口多微辭，又性好色，願王勿與出入後宮。'王以登徒子之言問於宋玉，玉曰：'體貌閑麗，所受於天也；

口多微辭，所學於師也。至於好色，臣無有也。'王曰：
'子不好色，亦有説乎？有説則止，無説則退。'玉曰：
'天下之佳人莫若楚國，楚國之麗者莫若臣里，臣里之美
者莫若臣東家之子。東家之子，增之一分則太長，減之一
分則太短。着粉則太白，施朱則太赤；眉如翠羽，肌如白
雪，腰如束素，齒如含貝；嫣然一笑，惑陽城，迷下蔡。
然此女登牆闚臣三年，至今未許也。登徒子則不然，其妻
蓬頭攣耳，齞脣齲齒，旁行踽僂，又疥且痔。登徒子悦
之，使有五子，王孰察之，誰為好色者矣！'

　　是時，秦章華大夫在側，因進而稱曰：'今夫宋玉盛
稱鄰之女，以為美色，愚亂之邪；臣自以為守德，謂不為
彼矣。且夫南楚窮巷之妾，焉足以為大王言乎？若臣之
陋，目所曾睹者，未敢云也。'

　　王曰：'試為寡人説之。'大夫曰：'唯唯，臣少曾
遠遊，周覽九土，足歷五都，出咸陽，熙邯鄲，從容鄭、
衛、溱、洧之間。是時向春之末，迎夏之陽，鶬鶊喈喈，
羣女出桑。此郊之姝，華色含光，體美容冶，不待飾裝。
臣觀其麗者，因稱詩曰："遵大路兮攬子袪。"贈以芳華
辭甚妙，於是處子怳若有望而不來，忽若有來而不見。意
密體疏，俯仰異觀；含喜微笑，竊視流眄。復稱詩曰：
'寤春風兮發鮮榮，潔齋俟兮惠音聲，贈我如此兮不如無
生。'因遷延而辭避。蓋徒以微辭相感動。精神相依憑；
目欲其顏，心顧其義，揚《詩》守禮，終不過差，故足稱
也。'

　　於是楚王稱善，宋玉遂不退。"

人謂宋玉為屈原弟子，或稱為後學，但此作亦具有愛國思想，確是
模仿前人之作，亦有其生命，但並無大生命與時代感，故文學之創造不
易，模仿亦不是易事，但仍是要模仿，只是與創造不同。

到漢代，則有司馬相如、揚雄輩出。

司馬相如的文章，其修辭、造句、謀篇及佈局均臻上乘，且有時代性，代表了漢武帝的大一統，如他的〈子虛賦〉、〈上林賦〉均寫得極佳，也描寫出整個時代性，也略有自然與生命的氣味。

今摘錄其〈子虛賦〉一節如下：

「楚使子虛使於齊，王悉發車騎，與使者出畋。畋罷，子虛過妊烏有先生，亡是公存焉。坐定，烏有先生問曰：『今日畋，樂乎？』子虛曰：『樂。』『獲多乎？』曰：『少。』『然則何樂？』對曰：『僕樂齊王之欲誇僕以車騎之眾，而僕對以雲夢之事也。』曰：『可得聞乎？』

子虛曰：『可。王駕車千乘，選徒萬騎，畋於海濱。列卒滿澤，罘網彌山，掩兔轔鹿，射麋腳麟。騖於鹽浦，割鮮染輪。射中獲多，矜而自功。顧謂僕曰："楚亦有平原廣澤遊獵之地饒樂若此者乎？楚王之獵孰與寡人乎？"僕下車對曰："臣，楚國之鄙人也。幸得宿衛十有餘年，時從出遊，遊於後園，覽於有無，然猶未能遍睹也，又焉足以言其外澤乎？"齊王曰："雖然，略以子之所聞見而言之。"

『僕對曰："唯唯。臣聞楚有七澤，嘗見其一，未睹其餘也。臣之所見，蓋特其小小者耳，名曰雲夢。雲夢者，方九百里，其中有山焉。其山則盤紆弗鬱，隆崇嵂崒，岑崟參差，日月蔽虧；交錯糾紛，上干青雲；罷池陂陁，下屬江河。其土則丹青赭堊，雌黃白坿，錫碧金銀，眾色炫耀，照爛龍鱗。其石則赤玉玫瑰，琳瑉昆吾，瑊玏玄厲，碝石碔砆。其東則有蕙圃蘅蘭，茝若射干，芎藭菖蒲，江蘺蘪蕪，諸柘巴苴。其南則有平原廣澤，登降陁靡，案衍壇曼，緣以大江，限以巫山。其高燥則生葴菥苞荔，薛莎青蘋。其埤溼則生藏茛蒹葭，東薔雕胡，蓮藕觚蘆，菴閭

軒芋。眾物居之，不可勝圖。其西則有湧泉清池，激水推
移，外發芙蓉菱華，內隱鉅石白沙；其中則有神龜蛟鼉，
瑇瑁鱉黿。其北則有陰林巨樹，梗柟豫樟，桂椒木蘭，蘗
離朱楊，樝梨梬栗，橘柚芬芳。其上則有赤猿玃猱，鵷雛
孔鸞，騰遠射干。其下則有白虎玄豹，蟃蜒貙犴，兕象野
犀，窮奇獌狿。……

　　烏有先生曰：‘是何言之過也！足下不遠千里，來貺
齊國；王悉發境內之士，備車騎之眾與使者出畋，乃欲戮
力致獲以娛左右，何名為誇哉？問楚地之有無者，願聞大
國之風烈，先生之餘論也。今足下不稱楚王之德厚，而盛
推雲夢以為驕，奢言淫樂而顯侈靡，竊為足下不取也。必
若所言，固非楚國之美也。有而言之，是彰君惡；無而言
之，是害足下之信也。彰君之惡而傷私義，二者無一可，
而先生行之，必且輕於齊而累於楚矣。……若乃俶儻瑰瑋，
異方殊類，珍怪鳥獸，萬端鱗崪，充牣其中者，不可勝
記，禹不能名，卨不能計。然在諸侯之位，不敢言遊戲之
樂，苑囿之大；先生又見客，是以王辭而不復，何為無以
應哉！”

可知司馬相如作賦，極盡其鋪張誇大的能事，例如上文〈子虛賦〉中
的描寫雲夢山，自“雲夢者，方九百里”開始，直至“其下有白虎玄
豹，蟃蜒貙犴。”其中引用了各種珍禽怪獸，奇花異草，四方的山如
何，水如何，其鋪辭麗靡，實過於藻飾，但卻迎合於此一時代的風格。

今再摘錄司馬相如〈上林賦〉數節於下：

　　“亡是公聽然而笑曰：‘楚則失矣，而齊亦未為得也。
夫使諸侯納貢者，非為財幣，所以述職也；封疆劃界者，
非為守御，所以禁淫也。今齊列為東藩，而外私肅慎，捐
國逾限，越海而田，其於義固未可也。且二君之論，不務

明君臣之義，正諸侯之禮，徒事爭於遊戲之樂，苑囿之大，欲以奢侈相勝，荒淫相越，此不可以揚名發譽，而適足以貶君自損也。

且夫齊楚之事，又烏足道乎！君未睹夫巨麗也，獨不聞天子之上林乎？左蒼梧，右西極，丹水更其南，紫淵徑其北。終始灞、滻，出入涇、渭；酆、鎬、潦、潏、紆餘委蛇，經營乎其內。蕩蕩乎八川分流，相背而異態。東西南北，馳鶩往來，出乎椒丘之闕，行乎洲淤之浦，經乎桂林之中，過乎泱漭之野。汩乎混流，順阿而下，赴隘狹之口；觸穹石，激堆埼，沸乎暴怒，洶湧澎湃。……悠遠長懷，寂漻無聲，肆乎永歸。然後灝溔潢漾，安翔徐回，翯乎滈滈，東注太湖，衍溢陂池。……

於是乎周覽泛觀，縝紛軋芴，芒芒恍忽，視之無端，察之無涯。日出東沼，入乎西陂。其南則隆冬生長，湧水躍波；其獸則㺎旄獏犛，沉牛塵麋；赤首圜題，窮奇象犀。其北則盛夏含凍裂地，涉冰揭河；其獸則麒麟角端，騊駼橐駝，蛩蛩驒騱，駃騠驢騾。……

於是歷吉日以齋戒，襲朝服，乘法駕；建華旗，鳴玉鸞，遊乎六藝之囿，馳鶩乎仁義之塗，覽觀《春秋》之林。射貍首，兼騶虞；弋玄鶴，舞干戚；載雲罕，揜群雅；悲伐檀，樂樂胥。修容乎禮園，翱翔乎書圃。述易道，放怪獸；登明堂，坐清廟。恣群臣，奏得失；四海之內，靡不受獲。於斯之時，天下大悅，向風而聽，隨流而化；芔然興道而遷義，刑錯而不用；德隆於三皇，而功羨於五帝；若此，故獵乃可喜也。若夫終日馳騁，勞神苦形，疲車馬之用，抏士卒之精，費府庫之財，而無德厚之恩；務在獨樂，不顧眾庶。忘國家之政，貪雉兔之獲，則仁者不由也。從此觀之，齊、楚之事，豈不哀哉！地方不過千里，而囿居九百，是草木不得墾辟，而人無所食也。夫以諸侯

之細，而樂萬乘之侈，僕恐百姓被其尤也。’

　　於是二子愀然改容，超若自失，逡巡避席曰：‘鄙人固陋，不知忌諱。乃今日見教，謹受命矣。’”

以上司馬相如的〈子虛賦〉與〈上林賦〉，都是名篇，其辭藻，結構均屬優秀之作。

再說揚雄的賦，也是漢賦鼎盛時期的名家，他們當時描寫的都是漢武帝以來的強大國勢，物產的豐饒，宮苑的富麗堂皇以及皇室貴族的田獵、歌舞盛況。揚雄的〈羽獵賦〉，其中說：

“其十二月羽獵。以為昔在二帝三王，宮館台榭，沼池苑囿，林麓藪澤，財足以奉郊廟，御賓客，充庖廚而已，不奪百姓膏腴谷土桑拓之地。女有餘布，男有餘粟，國家殷富，上下交足。……武帝廣開上林，東南至宜春、鼎湖……，西至長楊、五柞，北繞黃山，瀕渭而東，周袤數百里。……遊觀侈靡，窮妙極麗。雖頗割其三垂以贍齊民，然至羽獵，甲車戎馬，器械儲偫，禁禦所營，尚泰奢麗誇詡，非堯、舜、湯、文王三驅之意也。又恐後世復修前好，不折中以泉台，故聊因〈校獵賦〉以風之，其辭曰：或稱義、農，豈或帝王之彌文哉？論者云否，各亦並時而得宜，奚必同條而共貫？則泰山之封，焉得七十而有二儀？是以創業垂統者俱不見其爽，遐邇五三，孰知其是非？遂作頌曰：麗哉神聖，處於玄宮，富既與地乎侔訾，貴正與天乎比崇。齊桓曾不足使挾轂，楚嚴未足以為驂乘。……建道德以為師，友仁義與為為朋。

　　於是玄冬季月，天地隆烈，萬物權輿於內，徂落於外，帝將惟田於靈之圃，開北垠，受不周之制，以終始顓頊、玄冥之統。……

　　於茲乎鴻生巨儒，俄軒冕，雜衣裳，修唐典，匡〈雅〉、

〈頌〉，揖讓於前。昭光振耀，蚃忽如神。仁聲惠於北狄，武誼動於南鄰。是以旃裘之王，胡貉之長，移珍來享，抗手稱臣。前入圍口，後陳盧山。羣公常伯楊朱，墨翟之徒，喟然並稱曰：‘崇哉乎德，雖有唐、虞、大夏、成周之隆，何以侈茲！太古之覲東嶽，禪梁基，舍此世也，其誰與哉？’”

揚雄又有〈長楊賦〉，都是寫的畋獵，司馬相如在梁孝王時代曾加入梁園文學團隊，作〈子虛賦〉，梁孝王逝世，梁園文社隨之解散。司馬相如亦返鄉定居，至漢武帝即位，偶讀其〈子虛賦〉，喜好之，遂召相如回朝。他對武帝說，〈子虛賦〉只是敘諸侯之事，並無精意可言，今請為主上作田獵之賦，遂作〈上林賦〉，武帝大喜，並封相如為郎。〈子虛〉與〈上林〉兩賦之完成，相距十載。但兩賦內容貫通相連，世人謂二文實二而一而已。〈子虛賦〉寫楚臣出使於齊，齊王盛情款待，一同出獵。此文描寫齊王田獵之盛，並同時講述楚王遊獵雲夢盛況，文中借烏有先生之口批評子虛不重君王以德義治天下，而大談遊獵盛況，斥為不當。至於〈上林賦〉乃承接〈子虛賦〉，以亡是公口氣批評子虛、烏有乃至齊、楚諸侯漠視民生而奢侈遊獵之不妥。兩文波瀾壯闊，氣勢宏偉，為漢賦典範之作。

至於揚雄的〈羽獵賦〉和〈長楊賦〉，亦是西漢末年時期之名作，他早年喜好辭賦，崇奉司馬相如，晚年則視辭賦為小道，壯夫不為也。關於〈羽獵〉和〈長楊〉兩賦，則深受司馬相如之影響，是為成帝愛好遊獵而作。但不論如何，這些作品都突顯出當時的時代性。

郭沫若說，他根據商代的甲骨文，斷定商代為遊牧時代，但他只是取些片面的材料，田獵只是當時貴族生活中的最高奢侈與最高娛樂。

可以說，漢賦是傳承宋玉而來，而並非傳承自屈原。自此而走上了純文學的道路，因諸子的孔、孟、老、莊和《史記》等均非純文學，漢賦則是歌唱時代的文字。到東漢時，其人生觀與文學思潮都起了重大的變化，則另創魏晉後的新文學，又是一番新的風貌了。

如上所説，文章的體類有言志、説理、記事和抒情四種。

〈古詩十九首〉的作者隨時代而產生悲觀心理，他們不想要留名，亦不是走向政治或學術園地，所談不外乎男女的悲歡離合與生老死別。是自然的流露其悲觀的情緒，故代表了一個時代，對其生命從根本處看，是消極的，對人生一無價值。

東漢末年時，人心所感覺的預兆，是政治要荒頹了，而此一時期的文學卻是親切而流露出真情。即使是曹操，雖當時已是政界領導，但其作品仍不失為普通平民之私己談吐。如其〈短歌行〉之"對酒當歌，人生幾何？譬如朝露，去日苦多"其所表現的十足是一首普羅大眾的平民詩。與《詩經》、《離騷》及漢賦明顯有所不同。曹操子曹丕、曹植繼承父風，從此樹立了文學獨立而與政治脫離了關係。

當時曹操已受漢帝之封為魏王，封地並賜九錫，照老例他所寫的〈述志令〉，應該莊嚴端重，但曹操卻寫成輕鬆而有親切感，正如羅斯福的〈爐邊談話〉一般。按照當時外交辭令，應合乎當時政治文體，是要下令的，但他只是"述志"，只談些從年輕時期起的生活瑣事，不成其為令。講述自己過去赤裸裸的一生，以朋友的口吻閒話家常，卻成了一種風格與前不同的新文學。

至於賦這方面，到了三國時期，有王粲出來，初在荊州，後從曹操，有〈登樓賦〉，以流亡分子的身份寫成，只寥寥數百字。當時建安七子，阮瑀死，魏文帝曹丕寫〈寡婦賦〉。

此種落花水面皆文章，拈來皆是的文學境界，要到曹操以後才有，故建安文學親切而有味。到了曹氏父子，可説如到了冬天，一泓清水似的，談的都是沒有價值的，卻生出了價值。

文學的創作難，模仿則易生毛病。但講文學亦得有模仿。建安文學是有其清新的面貌，但後來模仿他的，卻變壞了，雜了。因此又得有文學的翻新。一個時代有一個時代的面貌，但並非全是白話文的變化。

總的來說，魏晉南北朝時期是應該看重曹氏父子所領頭的建安文學的。

後來的諸葛亮羽扇綸巾，指揮三軍，他作的〈出師表〉，亦如與朋友話家常，學的是曹操。曹操倜儻風流，其下屬羊祜累官升至尚書左僕射，當其都督荊州時，輕裘緩帶，身不披甲，學的亦是曹操。曹操在軍中，意態安閒，如不欲戰，曾用火攻敗操於赤壁的周瑜，當作戰時，背後卻在聽戲，學的也還是曹操。

第十九篇　《昭明文選》

　　《昭明文選》為梁蕭統所編纂。蕭統為梁武帝蕭衍長子，於和帝中興元年(即公元 501 年)生於襄陽，次年蕭衍即位稱梁武帝，同年立統為皇太子，統資質聰慧，文思敏捷，九歲能講《孝經》，事母至孝，他年輕時其父皇命其處理政事，仁名遠播。惜英年早逝，年僅三十一歲，諡為"昭明"，故名是書為《昭明文選》。

　　在齊、梁時期，編纂詩文整集的風氣很盛。編選的學者文人多不勝數，如晉杜預有《善文》，稍後有李充《翰林論》，西晉有摯虞《文章流別集》，宋劉義慶有《集林》以及沈約的《集鈔》等等，這些選集由於時代較遠，所選文類及篇數不及《昭明文選》之豐富齊全，且昭明太子在財力物力人力各方面都佔了極大的優勢。

　　昭明太子出身於皇族，自幼酷愛文學，藏書數萬卷，又禮遇天下學者文士無數，並且在東宮擔任官職的，如任職通事舍人的劉勰，都是他所器重的，可謂人才濟濟，羣賢畢集，有如此眾多的學者文士擔任他的編輯顧問或直接參與實際的編務，在先前的眾多選集或因文體分類不足，或因選文欠豐亦欠精準，逐漸先後淘汰之後，於是《昭明文選》成為當時詩文總集的獨存孤本。前面已講及，如欲研究古代詩文，則取《詩經》與《昭明文選》兩種已經足夠了。

　　關於《昭明文選》的體例，在其〈文選序〉中已有詳細說明，全序可分八大段，今試分段析述如下。

　　〈文選序〉首段道：

　　　　"式觀元始，眇覿玄風。冬穴夏巢之時，茹毛飲血文世，世質民淳，斯文未作。逮乎伏羲氏之王天下也，始畫八卦，

造書契，以代結繩之政，由是文籍生焉。《易》曰：「觀乎天
文以察時變，觀乎人文以化成天下。」文之時義遠矣哉。"

以上《文選序》之首段是說，在上古原始時期人民住在洞穴中或樹上築巢
而居，他們茹毛飲血，文化尚未昌明。要到伏羲畫八卦，造書契，才有
文字以代替結繩記事。《易經》上說：觀察天文可知四時季節的變化，觀
察人文以向百姓施行教化。說明文章的深遠時代意義由此開始。接着《文
選序》的次段說：

"若夫椎輪為大輅之始，大輅寧有椎輪之質；增冰為積
水所成，積水曾微增冰之凜。何哉？蓋踵其事而增華，變其
本而加屬，物既有之，文亦宜然。隨時變改，難可詳悉。"

這段是說：像椎輪這種粗陋的工具，原來是製造大輅的先導。大輅的質
地精細。厚厚的冰塊是由積水凝結而成，但當初的積水不會如冰塊那麼
冰冷，這是由於天下的事物在不斷地改變，它改變了原來的樣貌，增加
了新添的效益，天下的事事物物都是如此。文章亦如此地隨着時代的變
化，這是難以詳細了解的。

〈序〉的第三段說：

"嘗試論之，曰：'〈詩序〉云："《詩》有六義焉；一
曰風，二曰賦，三曰比，四曰興，五曰雅，六曰頌。"至
於今之作者，異乎古昔；古詩之體，今則全取賦名。荀、
宋表之於前，賈、馬繼之於末，自茲以降，源流實繁。述
邑居，則有憑虛，亡是之作；戒畋遊，則有〈長楊〉、〈羽
獵〉之制。若其紀一事，詠一物，風雲艸木之興，魚蟲禽
獸之流，推而廣之，不可勝載矣。又楚人屈原，含忠履
潔，君匪從流，臣進逆耳，深思遠慮，遂放湘南。耿介之
意既傷，壹鬱之懷靡愬；臨淵有懷沙之志，吟澤有憔悴之
容。騷人之文，自茲而作。'"

這一段談到《詩經》有風、雅、頌、賦、比、興六種體裁。但現在的文體已有變化。賦本來只是《詩》之一義,現在的文章則統稱為賦了。先有荀子、宋玉開導於前,再有賈誼與司馬相如承襲在後。從此賦的發展十分繁複,如託借憑虛公子和亡是公來描寫宮殿;有〈長楊〉、〈羽獵〉諸賦勸誡君王遊獵的。至於單記一事、詠一物,或對山川草木、鳥獸蟲魚的描寫文章則不可勝數了。此外,如屈原這樣態行高潔的人,楚王竟不納諫,遂使他懷石自沉於汨羅江,臨終前憔悴行吟澤畔,致有《離騷》之作產生。

〈序〉的第四段説:

> "《詩》者,蓋志之所之也,情動於中而形於言。〈關雎〉、〈麟趾〉,正始之道著;桑間濮上,亡國之音表。故風、雅之道,粲然可觀。自炎漢中葉,厥塗漸異。退傳有〈在鄒〉之作,降將著〈河梁〉之篇,四言五言,區以別矣。又少則三字,多則九言,各體互興,分鑣並驅。頌者,所以遊揚德業,褒贊成功。吉甫有'穆若'之談,季子有'至矣'之歎。舒布為詩,既言如彼;總成為頌,又亦若此。"

這一段講的是:《詩經》本來是述志的,心有所感便發之於文,如〈關雎〉、〈麟趾〉等詩,志在宣揚聖王教化之道,"桑間濮上"之詩,則是亡國之音,此時風、雅的作品大為盛行。但自漢代中葉開始,詩歌的發展已與往昔不同。韋孟在鄒作閒居之詩;李陵則寫了"攜手上河梁"的詩;自此自四言五言之詩發展到三言、六言、七言以致多達九言之詩,都分頭發展興旺起來。頌是用來歌功頌德的,尹吉甫作"穆若"以讚美周宣王,吳季札對頌樂大加讚賞;這一切,都是用來頌揚人之美德。

〈序〉的第五段説:

> "次則箴興於補闕，戒出於弼匡，論則析理稍微，銘則
> 序事清潤，美終則誄發，圖像則贊興，又詔誥教令之流，
> 表奏箋記之列，書誓符檄之品，弔祭悲哀之作，答客指事
> 之制，三言八字之文，篇辭引序，碑碣志狀，眾制鋒起，
> 源流間出。譬陶匏異器，並為入耳之娛，黼黻不同，俱為
> 悦目之沉，作者之致，蓋云備矣。"

此第五段是講到各種文體之創用原由，"箴"是為了補救缺失；"戒"是
為了糾正錯誤；"論"則是要精細地去分析事物之理；"銘"是敍事要求
清通圓暢；"誄"是為壽終者的美文；"贊"是為圖像作讚揚文章；此
外，如詔誥教令、表奏箋記以及書札、誓詞、檄文、祭文以及答客和指
事一類的作品，還有三言八字、篇辭引序、碑文行狀這些不同體裁、種
類繁多的文章，都相繼叢生，就像各種金石絲竹製成的樂器，各自可發
出悦耳之聲，亦似各種花紋各異的服飾，使人都能欣賞悦目。文學家亦
能藉着其所創作的各種不同文體，表達其辭藻意境之美。

〈序〉的第六段説：

> "余監撫餘閒，居多暇日，歷觀文圃，泛覽辭林，未嘗
> 不心遊目想，移晷忘倦。自姬、漢以來，眇焉悠邈，時更
> 七代，數逾千祀。詞人才子，則名溢於縹囊，飛文染翰，
> 則卷盈乎緗帙。自非略其蕪穢，集其清英，蓋欲兼功太
> 半，難矣。"

這第六段的意思是：我在擔任監國、撫軍之餘，便可利用這許多閒暇時
間遍讀羣著，即使費時久長亦不知倦。計自周、漢至今，已更換了七個
朝代，歷時一千餘年。多少文人才子，名滿鬧城僻鄉；多少詩文名篇，
充滿於卷帙中，當然非把那些蕪雜的文稿拋棄不可，只能留下精彩的，
不然，哪裏有許多功夫去遍讀呢！

〈序〉的第七段説：

> "若夫姬公之籍，孔父之書，與日月俱懸，鬼神爭奧；
> 孝敬之准式，人倫之師友；豈可重以芟夷，加之翦截？
> 老、莊子之作，管、孟之流，蓋以立意為宗，不以能文為
> 本。今之所撰，又以略諸。"

此段意思是：像周公、孔子的經典，如日月照耀於天地之間，似鬼神般
奧妙，所論都是人生倫常道德的規範，豈可任意刪剪裁削？至於老、
莊、管、孟之書都以理論為主，不重文采，故亦刪去不選。

〈序〉的最後第八段道：

> "若賢人之美辭，忠臣之抗直，謀夫之話，辨士之端，
> 冰釋泉湧，金相玉振。所謂坐狙丘議稷下。仲連之卻秦
> 軍，食其之下齊國，留侯之發八難，曲逆之吐六奇，蓋乃
> 事美一時，語流千載，概見墳籍，旁出子史。若斯之流，
> 又亦繁博；雖傳之簡牘，而事異篇章，今之所集，亦所不
> 取。至於紀事之史，繫年之書，所以褒貶是非，紀別異
> 同，方之篇翰，亦已不同。若其贊論之綜輯辭采，序述之
> 錯比文華，事出於沉思，義歸乎翰藻，故與夫篇什，雜而
> 集之。遠自周室，迄於聖代，都為三十卷，名曰《文選》
> 云爾。凡次文之體，各以彙聚，詩賦體既不一，又以類
> 分；類分之中，各以時代相次。"

此處末段説明：像賢人所言，忠臣直諫，謀士言詞，辯士舌鋒，滔滔不
絕地義法兼顧，如噴泉般湧出。似田巴在狙丘的論辯，在稷下的議論，
又像魯仲連説詞退秦軍，酈食其招降齊國，張良反對再復封六國而發"八
難"，陳平的六出奇計，為時人讚美而流芳後世，子、史典籍爭相刊載，
由於文詞繁複，不及備載，亦不同於文學，故亦不選入。至於記事體和
繫年體的歷史著作，與文學創作有別的也除外，但有些屬於贊論、序

述，似屬優美的辭藻，則一併雜入其中。最後說明選文的體例編排和先後次序。大體上說，全序說明了全書的選錄和如何分類編排。但以文采與辭藻為主。

有關《昭明文選》的篇章分類，可能是自古以來分類最細最多的，劉勰的《文心雕龍》只是分了二十類，但《文選》竟分了三十八體之多，今列述於下：

(一)賦體：分十五類

1. 京都；2. 郊祀；3. 耕籍；4. 畋獵；5. 紀行；6. 遊覽；7. 宮殿；8. 江海；9. 物色；10. 鳥獸；11. 志；12. 哀傷；13. 論文；14. 音樂；15. 情

(二)詩體：分二十四類

1. 補亡；2. 述德；3. 勸勵；4. 獻詩；*5. 公讌；*6. 祖餞；*7. 詠史；8. 百一；9. 遊仙；10. 招隱；11. 反招隱；*12. 遊覽；*13. 詠懷；*14. 哀傷；*15. 贈答；*16. 行旅；17. 軍戎；18. 郊廟；19. 心弔；20. 樂府；21. 輓歌；22. 雜歌；23. 雜詩；24. 雜擬

(按：有"*"者特別重要)

(三)騷(包括《楚辭》)
(四)七
(五)詔
(六)冊
(七)令
(八)教
(九)文
(十)表

(十一)上書

(十二)啟

(十三)彈事

(十四)牋

(十五)奏記

(十六)書

(十七)檄

(十八)對問

(十九)設論

(二十)辭

(二十一)序

(二十二)頌

(二十三)贊

(二十四)符命

(二十五)史論

(二十六)史述贊

(二十七)論

(二十八)連珠

(二十九)箴

(三十)銘

(三十一)誄

(三十二)哀

(三十三)碑文

(三十四)墓誌

(三十五)行狀

(三十六)弔文

(三十七)祭文

(三十八)箋

按以上《文選》之三十八體中，有若干條須在此稍作解釋者，析述於下。

(一)賦體 1"京都"，即指帝都，如班固之兩都，張衡之兩京及左思之三都及張衡之〈東京賦〉、〈西京賦〉等。

(一)賦體 2"郊祀"，指君王祭天。

(一)賦體 3"耕籍"，指君王之禮節，如親自下田。

(一)賦體 4"畋獵"，指君王之娛樂。

上述 2、3、4 三類有司馬相如撰〈子虛賦〉、〈上林賦〉；揚雄撰〈羽獵賦〉、〈長楊賦〉等。

(一)賦體 6"遊覽"，有王粲〈登樓賦〉等，有了新體裁後，已不講帝王，而講私人的。

(一)賦體 7"宮殿"，指描寫外邊的。漢時魯靈光殿，到魏晉時仍存在。三國時王逸有子，當時想為此殿作賦，逸子親自去曲阜，考察該殿，以便父作寫賦資料，後來逸子已寫了一篇，別人便不再寫了。

(一)賦體 9"物色"，指描寫風、月、雪、秋等。

(一)賦體 10"鳥獸"，有描寫鸚鵡、白馬的。

(一)賦體 11"志"，如張衡之〈歸田〉、潘安之〈閒居〉及陶淵明之〈歸田閒居〉等。此類文與"哀傷"無甚分別，乃來自生活中之感受。如張衡之〈歸田賦〉云："遊都邑以永久，無明略以佐時。徒臨川以羨魚，俟河清乎未期。"是指作者遊京都不遇，身懷良才不為君王所用，有不如歸家之感。因不遇而不得志，遂興起歸家之念。

此種並非談修齊治平之道，而是寫日常生活之遭遇，如陶淵明之歸去來辭，即是〈歸田賦〉，為過去先秦文學所無，全世界只有中國有這一套文化價值，且是根深蒂固的。

(一)賦體 12"哀傷"，指懷念朋友之逝去，如〈思舊〉、〈嘆逝〉等賦均屬此類。

(一)賦體 14、15 之"音樂"與"情"兩類放入賦體中，因文章、音樂仍是屬於情志一類也。

綜言之，漢代人的是舊賦，建安以後的則是新賦，內容有所不同。

再講到(二)詩體的二十四類。

(二)詩體 2"述德"，是講先祖之事。

(二)詩體 3"勸勵"，是指勉勵對方。

(二)詩體 5"公讌"，是指請酒時即席賦詩。

(二)詩體 6"祖餞"，是指送行，如"勸君更進一杯酒，西出陽關無故人"等即是送行。

(二)詩體 7"詠史"，指寄託於描寫歷史上的人，心中有事，以史詩表之。

(二)詩體 8"百一"，此類詩只有一個人曾作過，是對政治問題而發，即"愚者千慮，必有一得"，指對政治上或有百分之一的貢獻。

(二)詩體 9"遊仙"，指老、莊思想，描寫仙人思想。

(二)詩體 10"招隱"，指招隱者出任。

(二)詩體 13"詠懷"，阮瑀首先寫此類詩，寫心中所懷之事。

(二)詩體 16"行旅"，指遊覽時在路途中，如"清明時節雨紛紛"之類的詩。

(二)詩體 20"樂府"，指民間所唱的。

(三)騷體，亦包括《楚辭》在內。

(七)至(九)有"令"、"教"、"文"三體，是指上級對下級。

(十)至(十五)有"表"、"上書"、"啟"、"彈事"、"牋"(含"箋")、"奏記"等六體，並非對上級之作。

(十六)"書體"，此類特佳。

（十七）"檄體"，討伐用。

以上《昭明文選》文章分類的三十八體中，錄用作品的作家，自先秦至南朝梁共有一百二十七人，詩文歌賦共採錄七百餘篇。周代採用的作家只有子夏、屈原、宋玉及荊軻四位。採用屈原的較多，達七首；宋玉有七首，其餘各一首而已。

秦代的僅採用李斯一文而已。

兩漢的採用較多。西漢的採錄了劉邦高祖、劉徹武帝、賈誼、枚乘、韋孟、淮南小山、司馬相如、鄒陽、司馬遷、李陵、東方朔、蘇武、楊惲、孔安國、揚雄、劉歆、班婕妤等十八人的作品，其中採用司馬相如的有七篇之多；其次是揚雄的六篇。

後漢的被收錄文章作家有班固、班彪、張衡、馬融、朱浮、傅毅、史岑、王延壽、崔瑗、蔡邕、孔融、劉楨、阮瑀、潘勖、禰衡、應瑒、陳琳、楊修、班昭、繁欽及王粲共二十一人。選入作品最多的則有王粲的十四首；班固的十一首；劉楨十首；張衡則有五賦四詩，也不算少。

蜀漢則只有諸葛亮〈出師表〉一篇。

魏則有曹操、曹丕、曹植三父子、吳質、嵇康、阮籍、鍾會、何晏、曹冏、李康、應璩、繆襲等十二位，其中以曹植的作品佔了三十九首，為最多，曹丕也有九首，曹操則只有〈短歌行〉、〈苦寒行〉兩首而已。

吳只有韋昭一篇。

晉有杜預、羊祜、趙至、傅玄、應貞、棗據、成公綏、向秀、劉伶、潘岳、張華、石崇、何劭、陸機、張載、孫楚、傅咸、夏侯湛、左思、潘尼、陸雲、司馬彪、張協、李密、曹據、張悛、桓溫、孫綽、殷仲文、謝琨、陶潛、王康琚、劉琨、郭璞、庾亮、木華、郭泰機、歐陽建、王讚、盧諶、袁宏、干寶、束晳、皇甫謐，及張翰等四十五人，其中收錄陸機之詩賦達一百一十首之多，為收錄作品全書之冠。此外如潘岳有二十二首，左思有十五首。

宋代則被選入詩文的有謝靈運、謝惠連、傅亮、謝瞻、范曄、鮑照、謝莊、袁淑、顏延之、王微、王僧達及劉鑠共十二位，其中謝靈運佔三十九首；顏延之二十六首；鮑照二十首。

齊有謝朓、王融、王儉、孔稚珪、陸厥、任昉、丘遲、沈約、江淹、范雲、王巾、徐悱、劉峻及虞羲等十位，其中謝朓被選錄二十三首，任昉二十一首，沈約十七首。

大體來講，越古老的，如周、秦、兩漢被選入的個人作品較少，到魏晉則人數增多，個別作家的作品選入篇數也較多了，到宋、齊、梁三代，作家人數雖不算比先前的多，但個別作家有大量作品被選入的人數則比周、秦、漢、魏為多了。

也有人批評這是厚古而薄今，這也是見仁見智而已。

我國的文學，自孔子以下之諸子百家到漢初可說是散文時期，魏晉後則是韻文的世界。期間屈原的《離騷》只是偶然產生而已。

《昭明文選》之失敗是其中之“史論”、“論”、“史述贊”、“詔”及“令”諸體不該用韻文。但“檄”與“哀”用韻文倒是很適當；《文選》用了很多五色繽紛的辭藻是值得我人學習的；又如《文選》中用了很多古籍生冷的字，俾便使今日沒再使用的舊字重新可以活過來，這也值得稱道。宋代用有韻之四六文，甚至政府亦用此種文體。歐陽修、蘇東坡諸名家亦擅寫此等文章。清代《曾文正公家訓》中談及，曾文正亦愛讀《文選》。

記得我十八歲時，在家鄉教小學，曾選教班固的〈兩都賦〉和張衡的〈西京賦〉和〈東京賦〉，《文選》中有這些文章，學生常有問我難字，讓現代人多認識一些已被棄置不用的古老難字，應是一件好事。我認為《昭明文選》中所選入的古代詩文詞賦已經相當廣泛且多，如要學習中國古典文學，再加上一本《詩經》，也已足夠了。

第二十篇　唐詩（上）（初唐時期）

　　漢、唐兩代是我國最偉大的時代。唐代可說是中國文學史的中心，可謂已達登峰造極之境。自唐以後直到今日流風所披，至今未泯。其中如唐代的杜甫的詩、韓愈的古文、顏真卿的字和吳道子的畫，從此以後都不能超出以上四人，他們都達到了文學藝術的最高境界。

　　中國文學中最高最正的要算是詩，而唐詩是最偉大的。清代編有《全唐詩》九百卷，計共四萬八千九百首。作者二千二百餘人。此書在乾隆四十六年開始編纂，以胡震亨的《唐音統籤》為藍本，而加以增刪而成。

　　以《昭明文選》中入選的漢魏晉各代的詩來說，漢代的詩並不多，其實魏晉以後，自曹操三父子下來，詩才開始多了。此時期重要的詩作，都已選錄在《文選》中，但漢、魏的詩都是五言詩，到唐代才開始有七言詩。

　　《文選》中多的是五言古詩，名為"五古"；唐有七言古詩，則稱"七古"；但唐詩中尚有五言律詩、七言律詩、五言絕句、七言絕句，便是"五律"、"七律"、"五絕"、"七絕"，此外尚有"歌行"、"新樂府"等，詩體在唐代已大備矣！此後的舊詩體，已無法越出上述範圍。

　　唐代歷時近三百載，自公元 618 年至 907 年（按：即是從唐高祖李淵武德元年到唐哀帝李柷天祐三年為止），一般來說，我們將唐詩的演變劃分成四個時期，即：

　　（一）初唐，是公元 618 年至 712 年，即是由唐高祖武德元年到唐中宗李哲太極傳位給唐玄宗李隆基為止。歷時九十五年。其間還經過武則天十四年的稱帝。

　　（二）盛唐，從公元 713 年至 765 年，即是由唐玄宗開元元年起至唐代宗李豫永泰年止，歷時五十三年。

（三）中唐，從公元 766 年至 846 年，即是由唐代宗大曆元年起至唐武宗李炎會昌六年止，歷時八十一年。

（四）晚唐，從公元 847 年到 902 年，即是由唐宣宗李忱大中元年到唐昭宗元復二年止，歷時五十六年。

茲將唐詩四個時期分別敍述於下：

（一）初唐時期

唐詩的初唐時期，自公元 618 年至 712 年。自唐高祖到中宗，近一百年。

凡是一民族或個人，其成就都需要有一個準備醞釀時期，即是先要有一長期準備。偉大的文學，多在太平盛世時產生。魏晉與北朝時期之文學，只能説是文學之覺醒，到唐代才是神完氣足，超越魏晉而走上新的發展道路。推其原因有三：

（1）魏晉是衰世，唐是安富尊榮之大時代；

（2）南北朝時是門第社會，是亂世，但生活在門第小圈子中卻很安適。故魏晉文章是膏粱子弟養成，生活不豐富，對社會各階層的接觸面不廣。人生缺乏磨煉奮鬥的經驗，死氣沉沉，沒有活力。

（3）到了唐代的科舉制度出來，這制度極好。平民只要肯努力學習，文學好，便可應試成功做官。不是門第獨佔的，而是社會大眾普及化的，故生活經驗富有，活力強大，其本質與魏晉時代已大不相同。

初唐時期的知名詩人，有王勃、楊炯、盧照鄰、駱賓王四位，時稱"初唐四傑"。他們以能將五言小詩化成七言長篇古體詩而出名。但到盛唐時，人們已看不起初唐四傑了。這以杜甫的論詩絕句可作證明，詩曰：

"王楊盧駱當時體，輕薄為文哂未休；

爾曹身與名俱滅，不廢江河萬古流。"

從杜甫這首詩看，他仍是看重四傑，但當時的人對四傑已有輕視之意，這實在是不應該的。

王勃，字子安，龍門人，出生於書香門第，祖父是隋代的名學者文中子，叔祖王績亦是初唐知名詩人。十七歲時已任職京師文學侍從官，十歲時參加童子科考試，已有神童之稱。

王勃有〈送杜少府之任蜀川〉，其中有名句，今日已是家喻戶曉，詩曰：

"城闕輔三秦，烽煙望五津。

與君離別意，同是宦遊人。

海內存知己，天涯若比鄰。

無為在歧路，兒女共沾巾。"

全詩之意是說自項羽滅秦後，三分其地，稱為"三秦"，到漢高祖劉邦建都，命名為京兆、左馮翊和右扶風，稱為"三輔"。首句"城闕輔三秦"者，即是指王勃與杜少府相別之地。"五津"是指蜀大江中有白華、萬里、江首、涉頭與江南，合稱"五津"，即是杜少府將前往之地；即此詩首兩句是說明離別之地與少府任所。三、四兩句是說明知己離別之意，內心實依依難捨，由於大家都是宦遊之人，是蹤跡無定無可奈何之事，而相逢不知何日。至五、六兩句"海內存知己，天涯若比鄰"則話意已轉，說只要是知己，雖遙隔天涯海角，則仍猶如在比鄰，則也就不必傷感了。末兩句是引用楊、朱見歧路而泣的典故，說男子漢應有大丈夫之態，勿作兒女沾巾拭淚之醜態。

此中"海內存知己，天涯若比鄰"兩句，意即"只要是知己，即使各住天涯海角，卻仍將如比鄰一樣"，現在已成家喻戶曉之名句。

王勃亦有七言古詩〈滕王閣〉一首，詩曰：

"滕王高閣臨江渚，佩玉鳴鸞罷歌舞。

畫棟朝飛南浦雲，珠簾暮捲西山雨。

閒雲潭影日悠悠，物換星移幾度秋。

閣中帝子今何在？檻外長江空自流。"

此詩言滕王閣臨江而矗立，其間佩玉、鳴鸞、畫棟、珠簾，形容王家富貴之氣象。至於其言"朝飛南浦之雲"、"暮捲西山之雨"，描寫得滕王閣生動盡致，至"閒雲潭影"、"物換星移"兩句，則是描寫閣外之景物。末尾兩句則説出閣可重修，帝子則不可再見，惟有長江則經流千載而不息，有無窮憑弔之意。此詩之音律，認為開了後世律詩之先例。

不幸，王勃二十九歲早卒，其所作詩文卻已是初唐四傑之冠。此詩與〈滕王閣序〉為王勃同時所作。當年他去探望謫放邊疆的父親，路經南昌，為當時都督閻伯嶼所作，〈滕王閣序〉有"落霞與孤鶩齊飛，秋水共長天一色"，與〈滕王閣〉詩中的"畫棟朝飛南浦雲，珠簾暮捲西山雨"，四句並為千古艷誦。

又如王勃的〈秋日登洪府滕王閣餞別序〉一文，是駢文中的神來之筆，全序由對偶句駢偶句造，是一首鏗鏘悦耳的美艷詩歌，如〈序〉中的"潦水盡而寒潭清，煙光凝而暮山紫"、"臨帝子之長洲，得天人之舊館"；又如"鶴汀鳧渚，窮島嶼之縈迴；桂殿蘭宮，即岡巒之體勢"、"閭閻撲地，鐘鳴鼎食之家；舸艦迷津，青雀黃龍之舳"、"落霞與孤鶩齊飛，秋水共長天一色"、"漁舟唱晚，響窮彭蠡之濱；雁陣驚寒，聲斷衡陽之浦"等等，可説全序都是整齊對偶的駢辭儷句，其中如"鐘鳴鼎食"、"漁舟唱晚"與"落霞孤鶩、秋水長天"已成為我人日常的口頭禪和常用詞了。它描寫故國河山之美與作者本人的懷才不遇，壯士難酬的羈旅感慨之情，自然會引起讀者的共鳴無疑。

楊炯，華陰人，自幼聰慧好學，喜屬文，有《盈川集》三十卷及《詩》一卷。

楊炯詩亦擅長寫景，如其〈巫峽〉、〈西陵峽〉等詩，可與王勃〈滕王閣〉詩媲美。他的〈巫峽〉詩云：

"三峽七百里，唯言巫峽長。

重岩宵不極，疊嶂凌蒼蒼。

絕壁橫天險，莓苔爛錦章。

入夜分明見，無風波浪狂。

忠信吾所蹈，泛舟亦何傷。

可以涉砥柱，可以浮呂梁。

美人今何在，靈芝徒有芳。

山空夜猿嘯，征客淚沾裳。"

楊炯善於古體長篇，此篇即是一例。可與王勃〈滕王閣〉詩齊名。楊炯亦偶作律詩，如〈有所思〉，曰：

"賤妾留南楚，征夫向北燕。

三秋方一日，少別比千年。

不掩嚬紅縷，無論數綠錢。

相思明月夜，迢遞白雲天。"

如此類詩中，亦可見楊氏才思卓絕也。

楊炯〈從軍〉詩中道："寧為百夫長，勝作一書生"。此詩與王勃之"海內存知己，天涯若比鄰"，則他們二人已非魏晉門第的膏粱子弟的那種富貴生活，而只是一種普通的社會日常人生的吐屬而已。

至於初唐四傑中的盧照鄰，范陽人，有詩作二卷。他的五言詩特多長篇，其〈結客少年場行〉曰：

"長安重遊俠，洛陽富財雄。

玉劍浮雲騎，金鞭明月弓。

鬥雞過渭北，走馬向關東。

孫賓遙見待，郭解暗相通。

不受千金爵，誰論萬里功。

將軍下天上，虜騎入雲中。

烽火夜似月，兵氣曉成虹。

橫行徇知己，負羽遠從戎。

龍旌昏朔霧，鳥陣捲胡風。

追奔瀚海咽，戰罷陰山空。

歸來謝天子，何如馬上翁。”

其他如〈詠史〉、〈失羣雁〉及〈奉使益州至長安發鍾陽驛〉等都屬五言長詩。至於其七言長篇，如〈長安古意〉，是七言長詩中之佳作也。

駱賓王，義烏人，幼即能文，有詩三卷。

他所作五言長詩如〈贈王子問〉、〈疇昔篇〉等並皆佳妙。其七言長篇亦佳。四人中惟駱賓王富神仙思想，茲錄其五言詩〈靈隱寺〉曰：

“鷲嶺鬱岧嶢，龍宮鎖寂寥。

樓觀滄海日，門對浙江潮。

桂子月中落，天香雲外飄。

捫蘿登塔遠，刳木取泉遙。

雲薄霜初下，冰輕葉未凋。

夙齡尚遐異，披對滌煩囂。

待入天台路，看余渡石橋。”

此詩因談到靈隱寺與天台山，均是筆錄者舊遊熟地。靈隱寺人人耳熟能詳；天台山上則多名寺，其中說的是方廣寺，有上方廣、中方廣及下方廣三座，“石橋”指的是中方廣之石樑飛瀑。其瀑布由上方廣飛奔而下，至下方廣其瀑聲如轟雷，中方廣旁，瀑之兩崖側有一石樑，闊者近兩尺，狹者不足尺，夠膽者能跨步行過對岸，狀甚險峻。因駱賓王為浙江義烏人，能作此詩，定必去過無疑。聞駱賓王為徐敬業幕佐時，曾舉義兵擊武后，後敬業敗，駱亦不知所蹤。

明代陸時雍對王、楊、盧、駱四人有評語道：“王勃高華，楊炯雄厚，照鄰清藻，賓王坦易。”他們在當時詩壇開創了新風氣，音律和諧，情真意深，步入了唐詩的正宗。

　　較四傑稍後有沈佺期與宋之問擅作七律詩，他們人格差，在武則天時代作應制詩而已。其所七律均甚工整，如沈佺期詩曰：

　　"雲間樹色千花滿，竹裏泉聲百道飛。"

　　宋之問的如：

　　"巖邊樹色含風冷，石上泉聲帶雨秋。"

可謂互相應和的對偶工整之詩。

　　茲錄沈佺期〈喜赦〉如下：

　　"去歲投荒客，今春肆眚歸。

　　律通幽谷暖，盆舉太陽輝。

　　喜氣迎冤氣，青衣報白衣。

　　還將合浦葉，俱向洛城飛。"

由於作者諂事張易之被流放到驩州，後被赦免，此詩表達了他的歡愉之心。

　　宋之問亦有一詩〈題大庾嶺北驛〉道：

　　"陽月南飛雁，傳聞至此回。

　　我行殊未已，何日復歸來？

　　江靜潮初落，林錯瘴不開。

　　明朝望鄉處，應見隴頭梅。"

此詩說宋被流放至廣西欽州，途經大庾嶺時表達其痛苦之情。

　　初唐知名詩人尚有陳子昂，其詩之文體大變，韓愈有詩云："國朝盛文章，子昂始高蹈。"其意是四傑的詩作尚不及子昂也。

　　陳子昂，射洪人，字伯玉，武后朝時官至拾遺。世謂"唐以來文章承徐、庾餘風，至子昂始歸雅正。"故受韓愈之讚賞。

　　陳子昂有諷喻詩，今抄一首〈感遇詩三十八首之四〉於下：

　　"樂羊為魏將，食子殉軍功。

　　骨肉且相薄，他人安得忠？

　　吾聞中山相，乃屬放麑翁。

　　孤獸猶不忍，況以奉君終。"

這首詩說武則天掌朝政時，大殺朝臣及宗室，於是眾大臣紛紛仿效，以大義滅親為名濫殺至親，致為正義詩人所抨擊。

　　其實到唐代時，已一改建安時期之文風，而輕視文章了。陳子昂說："文章薄技，固棄於高賢；刀筆小能，不容於先達。文章之道敝，五百年矣。漢魏風骨，晉宋莫傳，僕嘗暇時觀齊梁間詩，采麗競繁而興寄都絕，每以詠嘆。"可見陳子昂亦輕視齊梁間詩之只重麗詞藻采而無興寄之敝。

第二十一篇　唐詩(中)（盛唐時期）

　　凡每一個時代，其同時代最偉大的人，必有齊名者，如詩人稱"李杜"，文稱"韓柳"，書法家則有"顏柳"，畫家則並稱"吳李"（按：指吳道子與李龍眠）。當時代的氣運轉動時，必同時可出很多人才也。

　　現在講到盛唐，主要指玄宗開元天寶時期，此時期最著名的詩人厥為李白、杜甫，尚有王維。王維、李白同於公元 701 年生，杜甫則於公元 712 年生，李白與杜甫齊名，世稱"李杜"。王維則與孟浩然齊名，世稱"王孟"，孟浩然年長王維十二歲。李太白極為讚賞孟浩然，有詩曰："吾愛孟夫子，風流天下聞。"

　　杜甫亦讚道："復憶襄陽孟浩然，清詩句句盡堪傳。"

　　孟浩然死，王維哀悼之，作詩曰：

　　"故人不可見，漢水日東流。

　　借問襄陽老，江山空蔡州。"

王維這首悼孟詩，可說已具備了詩人最高意境。其過程是：有文章進入作者，再由作者進入欣賞者，然後由欣賞者進入欣賞者自己的文意。

　　孟浩然是政治圈外人士，但為李白、杜甫及王維等人所推重。其〈過故人莊〉詩云：

　　"故人具雞黍，邀我至田家。

　　綠樹村邊合，青山郭外斜。

　　開軒面場圃，把酒話桑麻。

　　待到重陽日，還來就菊花。"

此種詩稱"田園詩"，亦是閒逸詩，境界高，在中國文學史上要佔極大地位，最後"待到重陽日，還來就菊花"兩句更佳，是歌詠日常人生。

這是律詩，並非"一三五勿論，二四六分明"那樣押韻，不可裝腔作勢，表面上不可露出心意與感情，應具含蓄。此等田園詩始創自陶淵明，陶詩中有"犬吠深巷中，雞鳴桑樹顛"等名句，亦為今人所傳誦。

王維，祁人，字摩詰，開元進士，官至尚書右丞，他兼善詩畫，尤精於山水畫，人說其詩中有畫，畫中有詩，信然。他信佛，故其詩中含有佛學思想。

在藝術上言，詩的境界要比畫高。藝術是表現人之生活人格，人與自然可配合。孟浩然詩中有人，但陶淵明、王維之詩已將人抽掉，即是不將自己擺進去，此是一大優點。王維在山中別墅作詩道：

"雨中山果落，燈下草蟲鳴。"此兩句是靜中有禪理。又其詩曰：

"月出驚山鳥，時鳴春澗中。"此兩句是指晚間人尚未入睡。又其另一詩曰：

"秋山斂餘照，飛鳥逐前侶；

彩翠時分明，夕嵐無處所。"

此詩說的是自夕陽西下至天黑，用彩色來描寫，是活動的，約有三十分鐘光景，是寫述靜物的佳詩。總之，他的詩是詩中有畫，畫中有詩，富有禪味。王維後來的畫作可以說均從詩中脫穎而出。

王維年老時隱居長安終南山，有終南別業。他自述道：

"中歲頗好道，晚家南山垂；

晚年惟好靜，萬事不關心。"

他又有詩云：

"田夫荷鋤至，相見語依依；

即此羨閒逸，悵然歌式微。"

此詩前兩句有陶淵明、孟浩然風格，但後兩句中所提及的"式微"出自《詩經》，意即政治上失意有何不歸之意。他羨慕閒適，亦倦於政治，有在政治上不得已之意。

陶淵明、王維和孟浩然三人都是田園派詩人。論性格，孟之性格在王之上，陶之性格更在王之上。陶詩變自孔孟，王詩則變自佛理而帶有政治意識。陶淵明性格如虎，極為活躍，其詩更為可愛。

李白是最難評論的一位詩人。他在當時社會上的地位名聲遠在杜甫之上，是一位社會文學家。但我們至今仍未能肯定他的真姓與籍貫，他住過蜀，說他是蜀人，或說他是魯人。甚至今日還有人說他是外國人。李白的家世也不清楚。還有，唐代時可用詩應考科舉，但李白並未考過。李白是流浪的，到東到西，是一種流浪的人生。朋友中有很多道士，他與王維同和尚來往不同。當他出長安時，有人形容他"仙藥滿囊，道書盈篋"，可見並非是中國正式的士大夫。

王維是居士，杜甫是嚴正的讀書人，李白則是喜歡講神仙、武俠的江湖術士，照理是屬於下層社會的。一種是王維講佛教，一種是杜甫講、堯、舜、孔、孟；李白卻又是另一種，他的〈廬山遙寄盧侍御虛舟〉詩道：

"我本楚狂人，鳳歌笑孔丘。

手持綠玉杖，朝別黃鶴樓；

五嶽尋仙不辭遠，一生好入名山遊。

廬山秀出南斗旁，屏風九疊雲錦張。

……

翠影紅霞映朝日，鳥飛不到吳天長。

登高壯觀天地間，大江茫茫去不還。

黃雲萬里動風色，白波九道流雪山。

……

閒窺石鏡清我心，謝公行處蒼苔沒。

早服還丹無世情，琴心三疊道初成。

遙見仙人彩雲裏，手把芙蓉朝玉京。

先朝汗漫九垓上，願接盧敖遊太清。"
可見他對中國傳統士大夫的一套已徹底解放了。

李白有一位姓汪的農夫朋友，有一次為他送行，李白亦作詩，道：

"李白垂舟將欲行，忽聞岸上踏歌聲。

桃花潭水深千尺，不及汪倫送我情。"
汪倫也因有這首詩而名留千古。

我們想像中，以為李白狂歌醉酒，以為他十足是一位"楚狂人"了，但也未必，他講起文學來卻是嚴肅、固執而守規矩的。

他的古風第一首，後人推崇他寫得極好，其詩云：

"大雅久不作，吾衰竟誰陳？

王風委蔓草，戰國多荊榛；

龍虎相啖食，兵戈逮狂秦。

正聲何微茫，哀怨起騷人；

揚馬激頹波，開流蕩無垠，

廢興雖萬變，憲章亦已淪。

自從建安來，綺麗不足珍。"
此詩主張文學復古，是文學革命，重視大雅正聲。可見李白也自有其一套。他對中國文學史是有見解與批評的。

世上常有二人齊名，如"楊朱"、"韓柳"、"孔墨"、"孟荀"、"陸王"等，雖齊名但仍以其中一人為較高。此處如"李杜"齊名，但以杜甫為高。一國的文化是其民族性情的表現，為表現民族文化的偉大，可以讓萬物共容，不必定於一尊才是表示文化偉大。

以上談到信佛的王維和信道的李白，再說信奉孔孟儒家的杜甫。

杜甫，襄陽人，字子美。他的祖父杜審言也是詩人，是個文學家庭。他曾居杜陵，故自稱杜陵布衣。考試未能中舉，玄宗時待制集賢院。肅宗時官拜右拾遺，後任華州司功參軍，後歸依嚴武，任官檢校工部員外郎，後人遂稱他為杜工部。大曆中遊耒陽時醉酒而卒，年五十九。今按其一生經歷，可將之分成四個階段。

第一階段：一歲至三十四歲；

第二階段：三十五歲至四十四歲；

第三階段：四十五歲至四十八歲；

第四階段：四十九歲至五十九歲。

杜甫幼年時曾到山東、江蘇等地。他與李白友好。三十五歲起到長安，任官職至四十四歲為止。這一時期是杜甫最為潦倒窮困的時期，經歷了安史之亂，他卻作了很多好詩。杜甫四十四歲那年，正是中國歷史上的大轉捩點。四十八歲時杜甫去四川，一直到五十九歲去世那年，他在生活上較為安定，當地的政府首長當他外賓招待，此階段他的詩，在技巧上大有進步，但詩的內容、精神方面卻比以前遜色得多了。我們最好讀他的年譜，根據他的詩集就等於讀他的自傳。我們讀任何作家的書，最好按次序讀其全集。

杜甫如一片枯葉，任由狂風吹飄，他是在大時代中無足輕重的一粒沙、一片葉，但杜詩變成了史詩，他的作品反映了當時整個的時代。

杜甫在三十五歲至四十四歲這個時期，吃過殘羹冷炙，生活極為困苦。但心胸卻擴闊了。杜甫的全部人格精神與時代打成一片，與歷史發生了大關係。杜詩說：

"江漢思歸客，乾坤一腐儒；

許身一何愚，竊比稷與契。

致君堯舜上，再使風俗淳。

唯將遲暮供多病，未有涓埃答聖朝。"

此詩表達了儒家最高精神，即社會不用他，他並不怨人。其實他內心是有牢騷，卻並不怨天尤人。但我們可以說，對唐代三百年最有貢獻的，恐怕要算杜工部了。

　　杜甫最崇拜諸葛亮，他在四川時就住在諸葛亮祠堂旁邊。李白則最看重魯仲連。我在幼年時最愛讀杜甫的〈茅屋為秋風所破歌〉，其詩道：

"八月秋高風怒號，捲我屋上三重茅。

茅飛渡江灑江郊，高者掛罥長林梢，下者飄轉沉塘坳。

……

自經喪亂少睡眠，長夜沾濕何由徹？

安得廣廈千萬間，大庇天下寒士俱歡顏，風雨不動安如山！

嗚呼！何時眼前突兀見此屋，吾廬獨破受凍死亦足！"

杜甫這首詩境界極高，心胸極偉大。

　　李白是仙風道骨，老莊風度；杜甫則布帛粟菽，有儒家精神。我亦頗愛杜甫的另一首詩，就是〈縛雞行〉，其詩道：

"家中厭雞食蟲蟻，不知雞賣還遭烹；

蟲雞於人何厚薄，吾叱奴人解其縛。"

杜甫不願將雞出售，此詩富有哲學意味。此詩即是寫日記，記錄其日常生活有感。

　　杜甫有一詩〈聞官軍收河南河北〉，其詩曰：

"劍外忽傳收薊北，初聞涕淚滿衣裳。

卻看妻子愁何在？漫卷詩書喜欲狂。

白日放歌須縱酒，青春作伴好還鄉；

即從巴峽穿巫峽，便下襄陽向洛陽。"

此詩甚為震撼人心，使當時亂世流浪者心花怒放。但曾幾何時，回紇在唐肅宗時極度驕橫，收復中原後，回紇的氣焰更囂張了。杜甫早前寫〈北征〉等多首詩中說明乞援回紇會造成惡劣後果，如今已一一應驗。接著吐蕃又經常入侵，代宗時，吐蕃聯合了邊疆的遊牧民族吐谷渾等攻佔了長安，代宗倉皇逃到陝州。長安的兩度陷落，並遭受到焚毀與劫掠，使杜甫極為痛心，他在多首詩中提及說：

"西京安穩未，不見一人來。"

"亂離知又甚，消息苦難真。"

"隋氏留宮室，焚燒何太頻。"

在兵荒馬亂人民痛苦煎熬的日子裏，杜甫憂心如焚，直到代宗廣德二年，杜甫在四川才欣聞長安收復，寫成排律〈傷春五首〉。其實都是為關心國家前途民生疾苦的政治詩。

凡是大學者必具備兩種能力，一是為自身的表現；二是要有好的、有效的教人方法。朱子便具有上述兩種能力。杜甫是詩聖，當時唐人要反對文選派，杜甫道："庾信文章老更成，凌雲健筆意縱橫。今人嗤點流傳賦，不覺前賢畏後生。"

杜甫也推重宋玉，他說："搖落深知宋玉悲，風流儒雅亦吾師。"

杜甫又推重蘇武、李陵與曹植，有詩云：

"李陵蘇武是吾師"、"文章曹植波瀾闊。"

他又推尊陶淵明、謝靈運等前輩作家，對同時代的李白也極為看重，詩曰："清新庾開府，駿逸鮑參軍。"這是用庾信、鮑照來比配李太白。

他又推重岑參道："謝朓每篇堪諷誦。"此處是說岑參可比配謝朓，說明杜甫看法之廣。杜甫又說：

"未及前賢更勿疑，遞相祖述復先誰？

別裁偽體親風雅，轉益多師是汝師。"

杜甫又說：

"不薄今人愛古人"；

"文章千古事，得失寸心知。

作者皆殊列，名聲豈浪垂；

後賢兼舊制，歷代各清規。"

此處說明杜甫尊重每一位作家，不論今人古人，他們各有不同的技藝本能，好名聲不是白白得來，新的是從舊的傳承而來，所以新人古人同樣值得我人來尊重他們。

杜甫自述道："毫髮無遺憾，波瀾獨老成。晚節漸於詩律細。"杜甫認為他寫作時，必使字字妥當。寫文章必須要求能達到最高妙的境界。杜甫又說："讀破萬卷書，下筆如有神。"意即寫文章能做到下筆有神，便可以做到老成而沒有遺憾了。

他又說："語不驚人死不休"；"朱門酒肉臭，路有凍死骨。"杜甫此意即是寫文章要做到語出驚人，才能代表文學家的全部生命。

最後，再引述杜甫的兩句詩作結，詩曰：

"但覺高歌有鬼神，焉知餓死填溝壑。"

杜甫在三十三歲到四十四歲時，在長安度過了一段漫長的殘羹冷炙的困苦生活，但他仍刻苦自勵，勤讀孔、孟、老、莊諸典籍，並從《昭明文選》承受了寫文章的技巧，立志要獻身於文學，惟有如此，才能許身於其他事業。

第二十二篇　唐詩（下）（中、晚唐時期）

中唐時期的詩人當以白居易與韓愈為代表。

白居易生於杜甫死後二年，太原人，家樂天。元和進士，曾任職左拾遺、江州司馬、刑部尚書等官職。他在四歲時能識"知、無"兩字，六歲學作詩，九歲懂聲韻，是一位神童。他在二十歲後拚命讀書。由於"晝夜苦讀，口舌作痛，手肘成胝"，活到七十五歲。

白居易一生中的創作，要以三十五歲至四十五歲這段期間的作品最有價值。他貶江州司馬作〈琵琶行〉時為四十四歲。年近花甲時遷居洛陽，住了十八年，過其閒適生活，但此時期之作品神韻已差；他是一位多產作家，詩文計有三千八百四十篇。

白居易每完成其詩作後，必先唸給老嫗聽，待對方能聽懂了，才公開發表，故均為字句淺明之作。

相傳白居易十六歲時，以詩投謁長安著作郎顧況，顧況向來恃才傲物，便對白居易幽默道："長安百物皆貴，居大不易"。等到讀到他的〈賦得古原草送別〉中說："離離原上草，一歲一枯榮，野火燒不盡，春風吹又生"便歎道："有句如此居天下亦不難，老夫前言戲之耳。"可見白氏青年時期已受人重視。

從三十五歲到四十五歲的白居易作品，多是諷諭詩，用於政治上，其作用與《詩經》、《離騷》與漢賦相同。

白居易有諷諭詩自道曰：

"非求宮律高，不務文字奇；

惟歌生民苦，願得天子知。"

又詩曰：

“文章合為時而著，歌詩合為時而作。”

白居易認為文章本身是有使命及其意義，即文學只是一種工具，但並無獨立價值，只講求其內容與意義；與為文學而文學之一派意見並不相同。此是文學上兩派不同之理論。其實西方亦有如此兩派不同之意見。即是説，一派是文學即是文學；另一派則是文學必有其人生意義與價值。如《紅樓夢》一書，蔡孑民先生説：“《紅樓夢》是描寫滿清政府。”胡適之則認為：“應該就該著作之本身價值與技巧去看它。即《紅樓夢》這本書，其作者曹雪芹本身就是賈寶玉。”世上萬事不能定於一，總有甚不同意見，故不能抹煞任何一方。

白居易在陝西寫〈秦中吟〉十首，新樂府有五十首，都是描述民間之疾苦；這些作品亦正如子夏在《詩大序》中所説，目的是為了“下以風刺上”。白居易即為風人，他心繫一國之事，關懷生民之苦，為了讓天子知道，提醒政府從速施救。據史書記載，白居易平生作詩之經驗曰：

“自是諫官月請諫紙，啟奏之間，可以救濟人病，裨補時闕，而難於指言者，輒詠歌之，欲稍稍進聞於上，上以廣宸聽，副憂勤，次以酬恩獎，塞言責，下以復吾平生之志。”

白氏之諷諭詩是將人民痛苦生活現狀與政府之腐敗現象融匯於其詩中。故其詩當時能流行普及並大名遠播。

今錄白居易〈秦中吟〉十首中之第七首〈輕肥〉於下：

“意氣驕滿路，鞍馬光照塵。

借問何為者？人稱是內臣。

朱紱皆大夫，紫綬悉將軍；

誇赴軍中宴，走馬疾如雲。

尊罍泣九醞，水陸羅八珍。

果擘洞庭橘，膾切天池鱗；

食飽心自若，酒酣氣益振。

是歲江南旱，衢州人食人。"

此詩與杜甫的"朱門酒肉臭，路有凍死骨"有異曲同工之妙，不過白居易是將政府官員之奢腐現狀和民疾苦非常形象化地描寫出來，使人印象非常深刻。

茲再錄白居易〈新樂府〉之第一篇〈七德舞〉，道：

"七德舞，美撥亂，陳王業也。

七德舞，七德歌，傳自武德至元和。

元和小臣白居易，觀舞聽歌知樂意，樂終稽首陳其事。

太宗十八舉義兵，白旄黃鉞定兩京。

擒充戮竇四海清，二十有四功業成。

二十有九即帝位，三十有五致太平。

功成理定何神速？速在推心置人腹。

亡卒遺骸散帛收，飢人賣子分金贖。

魏徵夢見子夜泣，張讀哀聞辰日哭。

怨女三千放出宮，死囚四百來歸獄。

剪鬚燒藥賜功臣，李勣嗚咽思殺身。

含血吮創撫戰士，思摩奮呼乞效死。

則知不獨善戰善乘時，以心感人人心歸。

爾來一百九十載，天下至今歌舞之。

歌七德，舞七德，聖人有作垂無極。

豈徒耀神武！豈徒誇聖文！

太宗意在陳王業，王業艱難示子孫。"

白居易之〈新樂府〉每句無定字，有三字句、七字句或九字句者，每篇亦無定句，像這一篇是三十八句，如〈新樂府〉之末篇，則為三十一句，是單數，是則每首句數之雙、單數亦無規定也。杜甫亦有〈新樂府〉五十首。

　　白居易尚有如〈長恨歌〉及〈琵琶行〉一類的故事詩，相當於小說。其〈長恨歌〉一詩雖然字數較多，但這兩首是世所公認為白氏文學藝術境界最高之作，今錄其一於下，以供欣賞，其詩道：

"漢皇重色思傾國，御宇多年求不得。

楊家有女初長成，養在深閨人未識。

天生麗質難自棄，一朝選在君王側。

回眸一笑百媚生，六宮粉黛無顏色。

春寒賜浴華清池，溫泉水滑洗凝脂。

侍兒扶起嬌無力，始是新承恩澤時。

雲鬢花顏金步搖，芙蓉帳暖度春宵。

春宵苦短日高起，從此君王不早朝。

承歡侍宴無閒暇，春從春遊夜專夜。

後宮佳麗三千人，三千寵愛在一身。

金屋妝成嬌侍夜，玉樓宴罷醉和春。

姊妹弟兄皆列土，可憐光彩生門戶。

遂令天下父母心，不重生男重生女。

驪宮高處入青雲，仙樂風飄處處聞。

緩歌慢舞凝絲竹，盡日君王看不足。

漁陽鼙鼓動地來，驚破霓裳羽衣曲。

九重城闕煙塵生，千乘萬騎西南行。

翠華搖搖行復止，西出都門百餘里。

六軍不發無奈何，宛轉蛾眉馬前死。

花鈿委地無人收，翠翹金雀玉搔頭。

君王掩面救不得，回看血淚相和流。

黃埃散漫風蕭索，雲棧縈紆登劍閣。
峨嵋山下少人行，旌旗無光日色薄。
蜀江水碧蜀山青，聖主朝朝暮暮情。
行宮見月傷心色，夜雨聞鈴腸斷聲。
天旋地轉回龍馭，到此躊躇不能去。
馬嵬坡下泥土中，不見玉顏空死處。
君臣相顧盡沾衣，東望都門信馬歸。
歸來池苑皆依舊，太液芙蓉未央柳。
芙蓉如面柳如眉，對此如何不淚垂。
春風桃李花開日，秋雨梧桐葉落時。
西宮南內多秋草，落葉滿階紅不掃。
梨園弟子白髮新，椒房阿監青娥老。
夕殿螢飛思悄然，孤燈挑盡未成眠。
遲遲鐘鼓初長夜，耿耿星河欲曙天。
鴛鴦瓦冷霜華重，翡翠衾寒誰與共。
悠悠生死別經年，魂魄不曾來入夢。
臨邛道士鴻都客，能以精誠致魂魄。
為感君王輾轉思，遂教方士殷勤覓。
排空馭氣奔如電，升天入地求之遍。
上窮碧落下黃泉，兩處茫茫皆不見。
忽聞海上有仙山，山在虛無縹緲間。
樓閣玲瓏五雲起，其中綽約多仙子。
中有一人字太真，雪膚花貌參差是。
金闕西廂叩玉扃，轉教小玉報雙成。
聞道漢家天子使，九華帳裏夢魂驚。
攬衣推枕起徘徊，珠箔銀屏迤邐開。

雲鬢半偏新睡覺，花冠不整下堂來。
風吹仙袂飄飄舉，猶似霓裳羽衣舞。
玉容寂寞淚闌干，梨花一枝春帶雨。
含情凝睇謝君王，一別音容兩渺茫。
昭陽殿裏恩愛絕，蓬萊宮中日月長。
回頭下望人寰處，不見長安見塵霧。
惟將舊物表深情，鈿合金釵寄將去。
釵留一股合一扇，釵擘黃金合分鈿。
但教心似金鈿堅，天上人間會相見。
臨別殷勤重寄詞，詞中有誓兩心知。
七月七日長生殿，夜半無人私語時。
在天願作比翼鳥，在地願為連理枝。
天長地久有時盡，此恨綿綿無絕期。"

這首〈長恨歌〉是唐明皇初識楊貴妃，一直描寫到貴妃賜死以至回宮後紀念她為止。白居易當時正在陝西任縣尉，他同陳鴻、王質夫遊玩仙遊寺時有感而作。詩的內涵兼有諷喻和愛情，語言精練生動，聲調悠揚曲折，後來崑曲中的《長生殿》，便是根據此詩將之放大而編成的。

西方亦有全是用詩歌組成的小說，如歌德的《浮士德》，印度的詩亦然。

現在談到**韓愈**，字適之，他是南陽人，德宗的進士，有《韓昌黎全集》。

陳寅恪有《元白詩箋證》，以唐詩觀點來講。他說韓愈的古文運動是隨着唐人寫小說而來。趙彥衡《雲麓漫鈔》中提及：當時亦有人送小說給朝官看的，一般是送詩，如前面已講過白居易曾送詩給長安官員顧況看。貞元、元和年間已盛行小說。元微之作〈鶯鶯傳〉，白居易作〈長恨歌〉，李紳為〈鶯鶯傳〉作詩，陳鴻為〈長恨歌〉作小說，但陳鴻說的不一定對。《舊唐書》作者離韓愈時代近，較可信，其中說：

> 「大曆貞元之間，文字多尚古學，效揚雄、董仲舒之習
> 作，而獨孤及梁肅最稱淵奧，傳林推重，愈從其徒遊，銳
> 意鑽仰，欲自振於一代。」

較獨孤、梁早的尚有蕭穎士、李華。李華作〈弔古戰場文〉是用駢文
寫的，但他也作古了。可見陳說不對。王鈺在韓會（按：韓愈之兄）傳中找
到一段材料，文中云：

> 「會與其叔雲卿俱為蕭穎士愛將，其黨李紓、柳識、崔
> 祐、皇甫冉、謝良弼、朱巨川並遊，獨鄙其文格綺艷，無
> 道德之實，首與梁肅變體為古文章，為文衡一篇，……弟
> 愈三歲而孤，養於會，學於會觀《文衡》之作，益知愈本
> 六經，尊皇極，斥異端，匯百家之美，而自序時法，立道
> 雄剛，事君孤峭，甚矣其似會也。」

但韓愈後來從不提這些人，他較推尊的是獨孤及，但也不提他。要
人學的是司馬相如、揚雄和董仲舒。觀此文可見《舊唐書》沒有說錯，且
退之只佩服本朝的李白、杜甫和陳子昂。李太白曾為韓愈退之父親作過
〈去思碑〉。

唐代原來寫的小說也是用駢文，以後遂變為散文體的小說。

韓愈自稱接孟子之位，所以比杜甫名氣大。另一方面韓愈兼善詩
文，且是傳揚孔孟之道的，但杜甫只是一詩人，所佔社會地位較低。韓
愈曾寫〈師說〉一文，在當時是大創見。

世人講起文章，便稱道杜詩韓文。韓愈崇拜李白、杜甫之詩云：

「李杜文章在，光焰萬丈長。

不知羣兒愚，那用故謗傷。

蚍蜉撼大樹，可笑不自量。」

杜李重視《詩經》，韓愈主張非三代兩漢文章不讀。不看東漢以下文章。其實，韓、杜都主張文起八代之衰。八代是指的《昭明文選》，他們都主張唐代文學的復古運動。

韓愈的作品，有時以文為詩，其詩亦近似文，例如〈嗟哉董生行〉，其文曰：

"嗟哉董生，朝出耕，夜歸讀古人書。

盡日不得息，或山而樵，或水而漁，

入廚具甘旨，上堂問起居。

父母不戚戚！妻子不咨咨。

嗟哉董生，孝且慈，

人不識，唯有天翁知。"

韓愈出生於唐代時，詩有五古、五絕和七律，但並非唐代開始才有。唐代時所創始的是中國近代的散文，當以韓愈為始。可以說，杜詩是集古詩之大成，韓愈則在散文方面開創了新局面。

吾人可根據姚鼐的《古文辭類纂》，來研究自韓愈以來的散文演變史。從而可知道古文是甚麼，及其對後世之影響如何？

凡是文學的體裁、格式之演變非憑空而來，乃是根據歷代的演變而來。韓愈在古文上的成就，是歷史演變進程中創新面目的開創者，所以他在文學史上之價值可在杜甫之上。

在詩、文、字、畫各項藝術作品中，"文"與"字"對吾人之影響為大，"詩"與"畫"則較小。但因前者普通，後者特殊，其實，要創造出好的"文"與"字"，其實比"詩"與"畫"更為困難。

文章在韓愈後之分別，是韓愈文起八代之衰，非唐虞三代之書不敢觀，他好古之道，好古之文，故稱文以載道，故他是提倡復古。五四運動以後，韓文受到輕視的原因：一則是因韓愈是復古派；二是因為他近道家。但李白、杜甫之詩也是復古派，所謂"詩以載道"，並且還是正統版。且韓愈以後才有新的散文與古代不同，與建安時代的不同，與三代兩漢時代的亦不同。

　　繼韓文之後有李翱(習之)，李死後之諡號亦稱文公，文章亦非常好，亦是儒家；柳宗元其實是道家思想。李翱近陳子昂，韓柳近似李杜；韓愈有學生皇甫湜、孫樵，但只學韓文形式而不知精神。

　　韓柳死後，可說無後繼者，直至百餘年後歐陽修出，歐在湖北李家發現韓集，韓曾作〈平淮西碑〉，有人不滿，請段文昌另寫，寫的是政府中興紀念，但今日只傳下韓之碑文。歐之後輩有王安石、曾鞏、蘇洵、蘇軾、蘇轍三父子，加上唐代韓柳為唐宋八大家。

　　韓愈在古文運動上起了領頭作用，但如沒有歐陽修便會中斷，所以必定要韓歐並稱。但唐代是詩的昌盛時代，宋代則是散文的時代。

　　歐陽修曾說：李翱比韓愈偉大，韓愈雖首創尊崇孔孟，但李翱說明如何崇儒，並作〈復性書〉，即講儒家哲學比佛學還難對付。

　　古代的經、史、子雖亦可說是文學，但非純文學，到了韓愈才從這批典籍中變出純正的散文，即成了純文學。韓愈在文學上的貢獻是：前人說退之(按：即韓愈)以詩為文，如〈嗟哉董生行〉，很樸。杜詩則敢講規律，李白詩則最為放縱；退之的詩文則古樸質厚。

　　退之二十歲時作的第一首詩是：

　“條山蒼，河水黃。波浪沄沄去，松柏在山岡。”

此詩之“條山”是指中條山，“河水”是指黃河，“沄沄”是指疾流。這是《詩經》中最高的比興。吾人可從此詩中看出退之一生所抱之志向，是古、樸、質而倔強。他的學生輩只學到了奇崛，但不得要領。歐陽修之文屬於陰柔，與退之之陽剛有別。但歐對韓文用功最勤，他亦以詩為文，即文似詩。

　　蘇東坡說：魏晉無文，惟陶淵明之〈歸去來辭〉，其實是一首長詩。蘇又說：唐代無文，惟退之〈送李願歸盤谷序〉一文(按：此文述李願自長安歸太行山事）。其實，韓愈的〈送李願歸盤谷序〉、〈送楊少尹序〉都可說是散文詩。歐陽修學到這一點，故一篇文章亦是一首詩。如〈醉翁亭記〉即是，實乃詩之最高境界。

至於柳宗元，他最偉大的是寫遊記。因唐人見到好風景只是賦詩而已。

到了晚唐時期，知名詩人有李商隱、溫飛卿等。此外如聶夷中，寫農民生活時，其詩曰：

“二月賣新絲，五月糶新穀。

醫得眼前瘡，剜卻心頭肉。

我願君王心，化作光明燭。

不照綺羅筵，只照逃亡屋。”

又如杜荀鶴，寫民生疾苦，其詩曰：

“因供寨木無桑柘，為著鄉兵絕子孫。”

又如代表農民革命的黃巢，有〈菊花〉詩云：

“颯颯西風滿院栽，蕊寒香冷蝶難來，

他年我若為青帝，報與桃花一處開。”

黃巢之意思是要使菊花、桃花同時盛開。

這些都是晚唐時期的一些詩作，現將李商隱與溫飛卿簡略介紹於下：

溫庭筠，字飛卿，太原人，幼年聰慧而善作詩，與李商隱齊名，號稱“溫李”，他們兩人在晚唐時期以辭藻綺靡取勝，被稱為“詞華派”。今錄其〈春江花月夜詞〉曰：

“玉樹歌闌海雲黑，花庭忽作青蕪國。

秦淮有水水無情，還向金陵漾春色。

楊家二世安九重，不御華芝嫌六龍。

百幅錦帆風力滿，連天展盡金芙蓉。

珠翠丁星復明滅，龍頭劈浪哀笳發。

千里涵空澄水魂，萬枝破鼻飄香雪。

漏轉霞高滄海西，頹黎枕上聞天雞。

蠻弦代雁曲如語，一醉昏昏天下迷。

四方傾動煙塵起，猶在濃香夢魂裏。

後主荒宮有曉鶯，飛來只隔西江水。”

大體來說，溫詩均是辭藻艷麗為主，且詞句音律優美，可入樂府。又如弔古掃墓之作，照理不應妍麗華詞，但飛卿作來卻華而不艷，樸中藏麗，能夠恰到好處，其〈過陳琳墓〉曰：

“曾於青史見遺文，今日飄蓬過古墳。

詞客有靈應識我，霸才無主始憐君。

石麟埋沒藏春草，銅雀荒涼對暮雲。

莫怪臨風倍惆悵，欲將書劍學從軍。”

由此，可見溫飛卿作詩之藝術工夫不淺。

李商隱，字義山，懷州河內人。令狐楚欣賞其詩文佳妙，使與諸子遊。後曾依從多位地方大員或京官。義山平時作詩為主，偶亦作詞，有《玉溪生詩》三卷，其〈錦瑟詩〉曰：

“錦瑟無端五十絃，一絃一柱思華年。

莊生曉夢迷蝴蝶，望帝春心託杜鵑。

滄海月明珠有淚，藍田日暖玉生煙。

此情可待成追憶，只是當時已惘然！”

這已是一首家喻戶曉的律詩，茲再錄其絕詩，如〈夢澤〉曰：

“夢澤悲風動白茅，楚王葬盡滿城嬌。

未知歌舞能多少，虛減宮廚為細腰。”

又〈無題〉詩曰：

“紫府仙人號寶燈，雲漿未飲結成冰。

如何雪月交光夜？更在瑤台十二層。”

以上義山兩首絕詩，與溫飛卿所作，同屬宮體。此後宋代有西崑體，獨尊李義山。

　　晚唐詩人中，除詞華派之溫李外，尚有杜牧之等；此外尚有格律派的朱慶餘、劉得仁等；以上都是唐宣宗大中年間的詩人，至於稍後的唐懿宗咸通年間的詩人，則有元白派的韋莊與羅隱等；尚有王建派的曹唐與胡曾等詩人，亦是值得欣賞之晚唐詩人。

第二十三篇　唐代古文(上)

　　如欲研究唐代的詩、文，可參看《全唐詩》和《全唐文》，如欲研究唐代小說，則要參考《太平廣記》。

　　在經、史、子、集四部中，古代並無集部。明人編有《漢魏百三名家集》；清人編有《全上古三代兩漢魏晉南北朝文》及《全唐文》，但此後沒有"全宋文"，"全明文"。

　　中國文學最大的觀點是帶有政治性而並不獨立。是為促進人類文化的工具，用文以載道，政治亦屬人道中的一部分。凡經學(按：六經皆史)及史學，均可用於政治，而並非明道辨道論道。如屈原、司馬相如是純文學家，但他們所作卻是韻文而非散文。所以在韓愈之前，尚沒有散文作家。

　　清代姚鼐姬傳在其所編《古文辭類纂》中，把文章分成十三類。其中的"論辨"類，如賈誼之〈過秦論〉，是從子部變來。又如"序跋"類，是書之前面的一篇序，本應放在書之最後，稱跋，為了方便讀者閱讀，故放在前面，所以"序"即是"跋"。如《莊子》的〈天下篇〉放在最後，其實等於一篇序。"論辨"類和"序跋"類可以歸入經、史、子、集四部中的"子部"。

　　又：姚鼐《古文辭類纂》中的"奏議"和"詔令"，是政治文集，前者如李斯的〈諫逐客書〉和〈論督責書〉、賈生的〈陳政事疏〉和〈論積貯疏〉、晁錯的〈論貴粟疏〉以及司馬長卿的〈諫獵書〉、韓愈的〈諫迎佛骨表〉等均屬；後者如秦始皇的〈初併天下議帝號令〉、漢高祖的〈入關告諭〉、漢文帝的〈除肉刑詔〉、司馬長卿的〈諭巴蜀檄〉以及韓愈的〈祭鱷魚文〉均是"詔令"文。

又如"書說"類，這類文章戰國時有，如趙良〈說商君〉、蘇季子〈蘇秦為趙合說齊宣王〉、張儀〈說楚懷王〉等均是。至漢代則書說類不多，只有司馬遷〈報任安書〉、楊子幼〈報孫會宗書〉等少數佳作而已。直到唐宋才有大量佳作出現。姚鼐選入韓愈此類文達二十四篇之多，選入柳宗元亦有四篇。

尚有"碑誌"類，連前所提及的"奏議"、"詔令"與"書說"類，則可劃入經、史、子、集中的"史部"。世稱立石墓上曰"碑"、曰"表"、埋入土中曰"誌"，或分成"誌"與"銘"。東漢蔡邕伯喈善作此類文字。姚鼐中選入韓愈此類文亦特多，幾近三十篇。

在中國文學史上，有一個特點，是魏晉後中國人重視韻文，辭賦之文大盛，亦即建安以後，文學的地位提高，看重辭賦韻文，故魏晉後之著作，奏議、書說、碑誌這幾類文都用韻文寫。如《文心雕龍》書名本身便好辭藻，其內容是駢文。又如唐劉知幾的《史通》，亦用駢文寫成。前者為文學批評，後者為史學批評，均用駢文來寫。又如唐代陸贄是位政論家，他一生寫奏議，人稱"陸宣公奏議"，亦用駢文寫。

大致說來，自漢代開始，就出現了以藻采華麗音律悅耳的駢文，一直到魏、晉、宋、齊、梁、陳及隋，於是才有韓愈出，由他來文起八代之衰。當時唐代繼承六朝餘緒，朝野大部分都用駢文寫成，魏徵想加以矯正，但影響力不大，要到韓愈出，才糾正了這一風氣。

唐時韓愈之前的有關文章的概念，可有以下四點。一是以前的文學不獨立，是屬於政治的，是文以載道的；二是中國的純文學自屈原開始；三是中國的文學分辭賦與經、史、子幾大類；四是建安時期後特重辭賦文學。魏晉與北朝後多用駢文寫作。

我對上述文學風氣，可有數點意見：

一是建安時期曹丕提出文學不朽觀念是對的。

二是一切經、史、子的文學不可硬用韻文，因文體不合，應用文不應用韻文來寫。

　　三是中國文章可分為應用文(即含經、史、子之文)與韻文兩大類。

　　在南北朝時代政治並不清明，但為文多用駢麗之作。北朝蘇綽出而反對此種風花雪月之文體，不准用綺靡辭藻，主張復古。

　　到隋代之李諤提倡公文不許寫韻文，文字要莊嚴。

　　到唐代杜甫以詩來推行復古運動，即詩以載道。

　　到韓愈出，大力提倡古文復古運動，並以文為詩，創出一條作詩之新路。他又以詩為文，成為韓愈之新文體。韓愈的散文可說是純文學的。

　　其次是韓愈的散文是擺入了日常生活中，如韓愈被貶為潮州刺史時，當時潮州距長安很遠，古代的交通又沒有快捷如汽車、火車的交通工具，他時已年逾五十，冬季被貶，風雪中行路十分艱苦，當他到達陝西邊外的藍關時，漫天暴風雪，連馬也不肯走了，幸得他的姪孫韓湘子救他脫險，韓愈萬分感慨，遂作〈左遷至藍關示姪孫湘〉，詩道：

　　“一封朝奏九重天，夕貶潮陽路八千。

　　欲為聖朝除弊政，豈將衰朽惜殘年！

　　雲橫秦嶺家何在？雪擁藍關馬不前。

　　知汝遠來應有意，好收吾骨瘴江邊。”

韓愈此詩一面抒寫其感慨之意，一面也顯露其倔強之志，所描寫的也是他在日常生活中所遭遇的一段情節。今日的戲劇中，有人創出“藍關雪”一劇，還有世所傳的“八仙鬧東海”，也是描寫韓湘子是其中一位神仙。

　　韓愈到了潮州後，一方面關心民困，扶危濟貧，一方面大力推行文化教育工作，又鼓勵當地人農耕女織，使荒僻冷落的農村變成繁榮昌盛之地，但當地瀕臨南海邊的惡溪有鱷魚為患，民間所養牛羊幾乎遭鱷魚殘害，甚至生人也屢被吞食，於是韓愈用嚴厲之訓斥、強硬的態度撰成〈祭鱷魚文〉，名為“祭”，實為“檄”，其文曰：

　　"維年月日，潮州刺史韓愈，使軍事衙推秦濟，以羊一豬一，投惡溪之潭水，以與鱷魚食，而告之曰：

　　昔先王既有天下，烈山澤，網繩擉刃，以除蟲蛇惡物，為民害者，驅而出之四海之外。及後王德薄，不能遠有，則江漢之間，尚皆棄之，以與蠻夷楚越，況潮嶺海之間，去京師萬里哉？鱷魚之涵淹卵育於此，亦固其所。

　　今天子嗣唐位，神聖慈武。四海之外，六合之內，皆撫而有之，況禹迹所揜，揚州之近地，刺史縣令之所治，出貢賦以供天地、宗廟、百神之祀之壤者哉？

　　鱷魚，其不可與刺史雜處此土也！刺史受天子命，守此土，治此民，而鱷魚睅然不安溪潭，據處食民畜、熊豕鹿獐，以肥其身，以種其子孫；與刺史抗拒，爭為長雄。刺史雖駑弱，亦安肯為鱷魚低首下心。伈伈睍睍，為民吏羞，以偷活於此耶？且承天子命以來為吏，固其勢不得不與鱷魚辨。

　　鱷魚有知，其聽刺史言！潮之州，大海在其南。鯨鵬之大，蝦蟹之細，無不容歸，以生以食。鱷魚朝發而夕至也。今與鱷魚約：盡三日，其率醜類南徙於海，以避天子之命吏！三日不能，至五日；五日不能，至七日；七日不能，是終不肯徙也；是不有刺史，聽從其言也；不然，則是鱷魚冥頑不靈，刺史雖有言，不聞不知也。夫傲天子之命吏，不聽其言，不徙以避之，與冥頑不靈為民物害者，皆可殺。刺史則選材技吏民，操強弓毒矢，以與鱷魚從事，必盡殺乃止，其無悔！"

　　本來對付鱷魚，應以武力從事，但處此僻壤窮地，不但當時沒有現代化之海軍艦艇，連漁獵之大船亦無有半隻一艘，韓愈不得已用檄文一招，明知是精神上安慰鄉民，但韓愈為民除害之心卻是真誠無訛。而鱷魚竟願遠遁惡溪歸入大海，牠們首先是吃飽了拋下溪中之豬、羊，其他原因可能與當時之氣候、風向亦不無關係。俗語説：心誠則靈，潮州人民亦十分了解韓愈關懷民間疾苦之心情。

韓愈，字退之，南陽人（按：今河南省），他三歲已是孤兒，依靠兄長韓會過活。但退之自幼努力勤讀典籍，二十五歲考中進士，曾任監察御史，他不畏強權，得罪朝中官員，並於唐德宗貞元十九年（公元 803 年）因上書痛陳關中的旱災，得罪主上，被貶為陽山令。但他在被貶期中，不但把陽山治理得井井有條，百姓亦十分愛戴，把兒女之名字改為“欽韓”、“愛韓”等等，而且當時寫了一篇〈進學解〉，當朝丞相裴度看到後，覺得退之才華非凡，遂又設法將他調回中央任官，至唐憲宗元和十年（公元 815 年）隨裴度征討吳元濟有功而擢升為刑部侍郎。但又因憲宗信佛過癡，退之遂作〈諫迎佛骨表〉以規勸主上而得罪當朝，遂貶為潮州刺史。但韓愈一心為國愛民之心始終不二。退之在潮州時曾上書感恩憲宗不殺之恩，並調任他為今屬江西的袁州刺史。兩年後，因穆宗惜才將他調回京城任“國子祭酒”，此官相當於今日之國立大學校長，使他得展所長，亦為當時國學監員生所欽佩歡迎。

終退之一生，他提倡恢復古文運動，推尊以堯舜禹湯文武周公孔孟以來的儒家思想，自認為孔孟傳人，為文應貫穿孔孟之道。韓愈、柳宗元等力主“文以載道”，與當時政壇的改革新風相結合，成為推廣儒學復興思潮牢不可破的屏障。

還有一點，韓愈的散文已融入於吾人之日常生活之中。這是退之作品的一大特點。他發明作“贈序”，如他的〈送李願歸盤谷序〉，其文曰：

“太行之陽有盤谷。盤谷之間，泉甘而土肥，草木叢茂，居民鮮少。或曰：謂其環兩山之間，故曰盤。或曰：是谷也，宅幽而勢阻，隱者之所盤旋。友人李願居之。

願之言曰：‘人之稱大丈夫者，我知之矣。利澤施於人，名聲昭於時。坐於廟朝，進退百官，而佐天子出令。

其在外，則樹旗旄，羅弓矢，武夫前呵，從者塞途，供給之人，各執其物，夾道而疾馳。喜有賞，怒有刑。才畯滿前，道古今而譽盛德，入耳而不煩。曲眉豐頰，清聲而便體，秀外而惠中，飄輕裾，翳長袖，粉白黛綠者，列屋而閒居，妒寵而負恃，爭妍而取憐。大丈夫之遇知於天子，用力於當世者之所為也。吾非惡此而逃之，是有命焉，不可幸而致也。

窮居而野處，升高而望遠，坐茂樹以終日，濯清泉以自潔。採於山，美可茹；釣於水，鮮可食。起居無時，惟適之安。與其有譽於前，孰若無毀於其後；與其有樂於身，孰若無憂於其心。車服不維，刀鋸不加，理亂不知，黜陟不聞。大丈夫不遇於時者之所為也，我則行之。

伺候於公卿之門，奔走於形勢之途，足將進而趑趄，口將言而囁嚅，處污穢而不羞，觸刑辟而誅戮，僥倖於萬一，老死而後止者，其於為人，賢不肖何如也？'

昌黎韓愈，聞其言而壯之。與之酒而為之歌曰：'盤之中，維子之宮；盤之上，可以稼；盤之泉，可濯可沿；盤之阻，誰爭子所？窈而深，廓其有容；繚而曲，如往而復。嗟盤之樂兮；樂且無央！虎豹遠迹兮，蛟龍遁藏，鬼神守護兮，呵禁不祥。飲且食兮壽而康，無不足兮奚所望？膏吾車兮秣吾馬，從子於盤兮，終吾生以徜徉！'"

退之所創的"贈序"散文，顯然是以詩為文，其文章可稱為散文詩，是純文學的，文中的情味，非議論，亦非奏議、碑誌，是無韻的散文詩，情味自與別不同。如詩般的短句，質樸而富美感，看上去像一首詩，讀起來更像一首詩，這是退之獨創的詩體散文，是抒情文。又如退之〈祭田橫墓文〉，不用駢體，而是用散文體，這是一般人不敢做的，唯退之能打破局限。

還有，韓愈寫的〈滕王閣記〉，比王勃寫的好。韓愈的哀祭亦用散文寫，如〈祭十二郎文〉便是。

韓愈亦喜寫遊戲小品，如他替泥水匠寫傳，曰〈圬者王承福傳〉，又寫〈毛穎傳〉，實係寫一枝毛筆。又寫〈送窮文〉，希望窮鬼不要跟隨。寫祭文之開始是關乎宗教，如古代祭文武周公，是莊嚴的，敬鬼神的，要唱，所以通常是用韻文體。但韓愈寫祭文卻用散文體，照理，散文不易抒情，但他卻能從散文中抒寫喜怒哀樂，可歌可泣。茲錄其〈毛穎傳〉第三段曰：

> "穎為人，強記而便敏，自結繩之代以及秦事，無不纂錄。陰陽、卜筮、占相、醫方、族氏、山經、地志、字書、圖畫、九流百家、天人之書，及至浮圖、老子、外國之說，皆所詳悉。又通於當代之務，官府簿書、市井貨錢注記，惟上所使。自秦皇帝及太子扶蘇、胡亥、丞相斯、中車府令高。下及國人，無不愛重。又善隨人意，正直邪曲巧拙，一隨其人。雖見異，終默不泄。惟不喜武士，然見請亦時往。"

退之此文發表後，並不討好當世，笑他的創作不夠嚴肅，連向來讚賞他文章優美的宰相裴度也不以為然。唯有老友柳宗元讚此為奇文，值得欣賞。

韓愈有一篇滑稽文章叫〈送窮文〉，韓愈準備把家中的窮鬼趕走，先準備了乾糧飲水和交通工具，本文是用對話方式，借文中主人與窮鬼對話，話中當然談到窮鬼的窮夥伴也要一齊離開，結果談到夥伴的數量，搞笑的是主人說：你窮鬼有幾個窮夥伴，我是清清楚楚的。其實是五個，但文中不是直截了當的說，而是轉彎抹角搞笑的說："這窮鬼不是六，也不是四，說是十個就得減去五個，說是七個吧，還是要去掉兩個"，這似乎是數字遊戲的猜謎。假如真是如此，則數字遊戲的猜燈謎，也應當是韓愈首創的了。至於文中所說的窮鬼的五個窮夥伴是:(一)智窮、(二)學窮、(三)文窮、(四)命窮、(五)交窮。竊以為以上五窮,韓愈真正窮的是命窮與交窮。

怎麼說韓愈是命窮呢?首先,韓愈三歲已是孤兒,其青少年時期是靠兄長韓會把他養大,不幸兄長又早卒,最後與嫂嫂相依為命,命運實在太差了。接着韓愈在德宗貞元八年,即二十二歲那年去考進士,遇上當時的文學家陸贄任主考官,考題是"不遷怒不貳過論",題目出自《論語》的孔子讚顏回之句,照理這應是韓愈的拿手傑作了,但竟然不幸落榜了,這不是命窮便沒有別的好解釋了。奇的是翌年韓愈再考,主考官與考題相同,韓愈作的文與上年也相同。但這一次竟為陸贄擊節讚賞,錄取為第一名,這不是和韓愈開了一個大玩笑嗎?過去的一年裏韓愈的內心是充滿酸、苦、辣的,錄取那年內心感受如何,也只有韓愈自己知道了。

韓愈考取功名之後,其遭遇也並不順利,他中了進士,先是擔任過監察御史,可惜他看不慣種種政治上的弊病。加上朝中大臣也多忌恨他,因此在他上奏關中旱災為民請命之時,不幸被貶為陽山令,而且前文已有述及,柳宗元與劉禹錫兩位老友也涉嫌參與此事,雖然後有丞相裴度救了他,但一路來卻似乎沒有一位可以肝膽相照的知心友,所以也可說是"交窮"了。

還有一件不如意的事,韓愈有二妾,據宋王讜《唐語林》卷六所記:"退之有二妾,一曰絳桃,一曰柳枝,皆能歌舞。"後來柳枝爬牆垣遁逃,終為家人追獲。有詩曰:"別來楊柳街頭樹,擺亂春風只欲飛。惟有小桃園裏在,留花不發待郎歸。"人謂可能退之專寵絳桃所致。宋陳與義有詩道:"官柳正須工部出,園花猶為退之留",亦可謂退之生平一件憾事。

還有,韓愈受裴度之助回朝任職後,卻因寫了篇〈諫迎佛骨表〉而遭憲宗貶為潮州刺史，他寫了一首意態蒼茫但意志仍堅強不屈的好詩，所謂"一封朝奏九重天，夕貶潮陽路八千……雲橫秦嶺家何在？雪擁藍關馬不前"，因此使後人創出了一齣"藍關雪"的名劇。後來韓愈寫了封向憲宗感恩不殺的上書，被改調為較近長安的"袁州刺史"（按：袁州在今江西省，較廣東的潮州為近），穆宗時才調他回長安任國子祭酒，但穆宗長慶四年愈卒，年五十歲，也就是安定的歲月度過了不足四年，年還過花甲，壽命也不算長。退之至其政壇地位並沒有柳宗元高，雖然韓柳並稱，其詩文亦高過子厚，但聲名地位都不及子厚，所以韓愈的"命窮"、"交窮"可以說是他真實的寫照。不過，韓愈前面談到的"智窮"、"學窮"與"文窮"，那都是韓愈的強項，怎麼都算不上窮。韓愈足以名留千古，也足以自豪了。韓愈之所以寫〈送窮文〉，恐怕只是開個玩笑，做個遊戲而已。但從另一方面說，韓愈相信也一定自認"命苦"、"交窮"，那可能是他的真實寫照，為他自己抒發怨憤牢騷，也很可能是他作此文的另一個目的吧！

最後，還得把韓愈最重要的一篇文章〈原道〉，將其中幾節扼要摘錄如下，道：

> "博愛之謂仁，行而宜之之謂義，由是而之焉之謂道，足乎己無待於外之謂德。仁與義為定名；道與德為虛位。故道有君子小人，而德有凶有吉。
>
> 周道衰，孔子沒。火於秦，黃老於漢，佛於晉、魏、梁、陳之間。其言道德仁義者，不入於楊，則入於墨；不入於老，則入於佛。入於彼，必出於此。入者主之，出者奴之；入者附之，出者汙之。噫！後之人其欲聞仁義道德之說，孰從而聽之？
>
> 傳曰：'古之欲明明德於天下者，先治其國。欲治其國者，先齊其家。欲齊其家者，先修其身。欲修其身者，

先正其心。欲正其心者，先試其意。’然則古之所謂正心
而誠意者，將以有為也。

　　‘斯吾所謂道也，非向所謂老與佛之道也。’堯以是傳
之舜，舜以是傳之禹，禹以是傳之湯，湯以是傳之文武周
公，文武周公傳之孔子，孔子傳之孟軻。軻之死，不得其
傳焉。”

　　觀此文，韓愈是隱隱然以傳揚孔孟之道自居。依照退之一生，無論
他是從政也好，寫作詩文也好，確實是奉行着孔孟之道，作為他的終身
核心思想與為人目標，他是切實做到了。退之決不是像別人那樣，口中
說他才是孔孟的真傳，行為上卻是拉幫結派，只是為自己個人和集團的
名利打算，而且對金錢私利特別看重，不惜排斥傷害曾經幫過他們的彬
彬君子和友好。韓愈不愧為孔、孟的繼承者。其實信奉孔孟，任誰也可
以，只要他服膺《論語》、《孟子》，也便是孔孟之忠實門徒了。其實，口
是心非、陽奉陰違的，那才不配作為孔孟之徒。

　　韓愈是數千年來在中國文學史上最偉大的第一流大文豪之一，而且
他的另外兩大貢獻是提出闢佛及提出尊重師道。他特重師道，並撰寫〈師
說〉，凡可傳道、授業解惑的，都應被尊為師。

　　再回頭來說，五四運動之大毛病，在於忽略了韓愈體裁的文學，而
只重視應用散文，其實都不會欣賞和不去作這種類似韓愈的大學作品了。

　　韓、柳(宗元)時期開始有了純文藝的文章，他們都可以文為詩。文章
雖因時代而體裁有變，但仍有其傳統在，如韓文之〈原道〉、〈原性〉、〈原
毀〉及〈師說〉等等論辨文，但其精華則不全在此等文章，韓愈亦作“奏
議”、“序跋”、“書說”、“贈序”、“碑誌”、“雜記”、“辭賦”以及“哀祭”
等各類文章，影響後世極宏。與退之同時候寫得好文章者厥為柳宗元。

　　又如韓柳亦都是以詩為文，以藝術的日常人生描寫出詩的情味，而
非宗教式的莊嚴。退之的〈送楊少尹序〉即有詩情畫意，為人所愛讀。總

之，退之之文變化無窮，有各種技巧。韓愈的散文可以説是中國散文作家之始，故稱《韓昌黎集》。至於退之學生並不出特出的文才，只有他的姪女婿李翱，其文體似退之，亦作得好。他們這一代過世後，此等新文體的文學已無後繼者，要過了兩百年左右，等宋代的歐陽修出，才有了"文起八代之衰"的傳承者。

第二十四篇　唐代古文(下)

　　唐代古文家以韓柳並稱。韓愈當時提倡古文，提倡復古，其中最得力的助手要推柳宗元。

　　柳宗元，字子厚，河東(今山西永濟縣)人。其父遷居吳郡(今蘇州)，生於唐代宗大曆八年，因與劉禹錫同年中進士，因此成為好友。柳、劉兩位在唐德宗貞元年間同為御史，三人均為好友，但退之因當時關中鬧旱災，因上書得罪德宗，遂遭貶謫為陽山令，但此時由當時權臣王韋上疏所致，而柳、劉兩位正是王韋親黨，退之遂對子厚、禹錫亦有了懷疑，退之在赴江陵途中寄贈三學士詩云：

“孤臣昔放逐，血泣追怨尤。

汗漫不省識，恍如乘桴浮。

或自疑上疏，上疏豈其由。

……

同官盡才俊，偏善柳與劉。

或慮語言泄，傳之落冤讎。

二子不宜爾，將疑斷還不。”

　　當時柳、劉兩位顯然亦知退之有所懷疑，但最後退之終於釋然於懷，三人終於仍為好友。他們三人，柳先卒，退之為作墓誌銘，接着退之亡，劉禹錫為作〈祭韓退之文〉。退之為柳子厚所作墓誌銘中，其中一節曰：

　　“子厚前時少年，勇於為人，不自貴重顧藉，謂功業可立就，故坐廢退。既退，又無相知有氣力得位者推挽，故卒死於窮裔，材不為世用，道不行於時也。使子厚在台省時，自持其身，已能如司馬刺史時，亦自不斥；斥時，有人力能舉之，且必復用不窮。然子厚斥不久，窮不極，雖有出於人，其文學辭章，必不能自力以致必傳於後如今，無疑也。雖使子厚得所願，為將相於一時，以彼易此，孰得孰失，必有能辨之者。"

觀此文，退之為子厚之早卒，十分惋惜痛心，謂子厚如能小心從事，為了勇於助人，而不顧及個人得失，遂造成多次被貶謫。等到治罪被貶，又無得力友好人士助他脫困，遂致客死荒鄉，才能未為世所用，主張未能實行，非常可惜。但又得說回來，如子厚在政治上順利又有成就，做到將軍或丞相，那他的文學創作必定沒有今天那麼大的成就，兩者相比，孰得孰失，旁觀者一眼就能辨明，這也可說是子厚因禍得福吧！

柳宗元從北方貶到南方桂林等處，正是山明水秀之地，柳氏擅長於寫精短的山水遊記，而不是用詩，他的〈始得西山宴遊記〉，記曰：

"自余為僇人，居是州，恒惴慄。其隙也，則施施而行，漫漫而遊，日與其徒上高山，入深林，窮回溪，幽泉怪石，無遠不到。到則披草而坐，傾壺而醉，醉則更相枕以臥，臥而夢。意有所極，夢亦同趣。覺而起，起而歸。以為凡是州之山有異態者，皆我有也；而未始知西山之怪特。

今年九月二十八日，因坐法華西亭，望西山，始指異之。遂命僕過湘江，緣染溪，斫榛莽，焚茅茷，窮山之高而上。攀緣而登，箕踞而遨，則凡數州之土壤，皆在衽席之下。其高下之勢，岈然洼然，若垤若穴，尺寸千里，攢蹙累積，莫得遁隱；縈青繚白，外與無際，四望如一。然

後知是山之特立，不與培塿為類。悠悠乎與灝氣俱，而莫
得其涯；洋洋乎與造物者遊，而不知其所窮。引觴滿酌，
頹然就醉，不知日之入。蒼然暮色，自遠而至，至無所
見，而猶不欲歸，心凝形釋，與萬化冥合。
　　然後知吾向之未始遊，遊於是乎始。故為之文以忘。
　　是歲，元和四年也。"

此文乃子厚作於唐憲宗元和四年被貶永州司馬時。他在元和四年至
七年間，連續寫了八篇遊記，此為其第一篇，還有〈鈷鉧潭記〉、〈鈷鉧潭
西小丘記〉、〈至小丘西小石潭記〉、〈袁家渴記〉、〈石渠記〉、〈石澗記〉
及〈小石城山記〉，合稱"永州八記"。每篇獨立但有其連貫性，且八文中
隱含作者內心所鬱結的怨懟之情，有所傾吐發洩。子厚去遊山玩水，其
主要目的是為了排悶解愁。且是藉着登上高聳的西山來描寫向四處遠望
的景色。所望見的境界寬廣闊遠。何焯在其《義門讀書記》中說："子厚
山水遊記文'中多寓言，不惟寫物之工'也。"

今再錄其八記中的〈小石城山記〉一文曰：

　　"自西山道口徑北，逾黃茅嶺而下，有二道：其一西
出，尋之無所得；其一少北而東，不過四十丈，土斷而川
分，有積石橫當其垠。其上，為睥睨梁欐之形；其旁，出
堡塢，有若門焉。窺之正黑，投以小石，洞然有水聲。其
響之激越，良久乃已。環之可上，望甚遠。無土壤而生嘉
樹美箭，益奇而堅，其疏數偃仰，類智者所施設也。

　　噫！吾疑造物者之有無久矣！及是愈以為誠有。又怪
其不為之中州，而列是夷狄，更千百年不得一售其伎，是
固勞而無用，神者儻不宜如是，則其果無乎？或曰：'以
慰夫賢而辱於此者。'或曰：'其氣之靈，不為偉人而獨
為是物，故楚之南少人而多石。'是二者，余未信之。"

子厚在描寫小石城山中的石洞奇景後，忽發奇想：如此美景為何偏會在夷狄居處荒僻之地，卻不安排在中原富庶之旺地？老天莫非是為了安慰謫居來此的賢人所設置？也可能因為此地不出傑出人物，所以才有奇石奇山出現。結論是他對兩者都不信。從子厚的〈天說〉，證明他並不信天，也不信世上有神。可能真如茅坤所說，子厚只是"借石之瑰瑋，以吐胸中之氣。"其實子厚是在抱怨朝廷沒有重視他的才華，為國所用，正如奇山勝水荒棄於僻壤夷地不讓人欣賞一般。

　　子厚除了寫山水遊記是他的強項以外，主要還是心繫祖國，不論貶謫到那裏，心中掛念着的還是希望老百姓的生活能過得舒適些，政府的賦稅能減輕些。他在〈捕蛇者說〉一文中說：

> "永州之野產異蛇，黑質而白章，觸草木盡死；以嚙人，無御之者。然得而臘之以為餌，可以已大風、攣踠、瘻、癘，去死肌，殺三蟲。其始太醫以王命聚之，歲賦其二，募有能捕之者，當其租入。永之人爭奔走焉。
>
> 有蔣氏者，專其利三世矣。問之，則曰：'吾祖死於是，吾父死於是，今吾嗣為之十二年，幾死者數矣。'言之貌若甚戚者。余悲之，且曰：'若毒之乎？余將告於蒞事者，更若役，復若賦，則何如？'蔣氏大戚，汪然出涕，曰：'君將哀而生之乎？則吾斯役之不幸，未若復吾賦不幸之甚也。向吾不為斯役，則久已病矣。自吾氏三世居是鄉，積於今六十歲矣。而鄉鄰之生日蹙，殫其地之出，竭其廬之入。號呼而轉徙，飢渴而頓踣。觸風雨，犯寒暑，呼噓毒癘，往往而死者，相藉也。曩與吾祖居者，今其室十無一焉。與吾父居者，今其室十無二三焉。與吾居十二年者，今其室十無四五焉。非死即徙爾。而吾以捕蛇獨存。悍吏之來吾鄉，叫囂乎東西，隳突乎南北；譁然而駭者，雖雞狗不得寧焉。吾恂恂而起，視其缶，而吾蛇

　　尚存，則弛然而臥。謹食之，時而獻焉。退而甘食其土之
有，以盡吾齒。蓋一歲之犯死者二焉，其餘則熙熙而樂，
豈若吾鄉鄰之旦旦有是哉。今雖死乎此，比吾鄉鄰之死則
已後矣，又安敢毒耶？'

　　余聞而愈悲，孔子曰：'苛政猛於虎也！'吾嘗疑乎
是，今以蔣氏觀之，猶信。嗚呼！孰知賦斂之毒，有甚是
蛇者乎？故為之說，以俟未觀人風者得焉。"

　　子厚此文作於他貶任永州司馬（按：永州即今之湖南零陵）時，地處荒
僻，民生困苦。他是借捕蛇者說來說明，當地人民寧可受被毒蛇咬死之
苦，由於毒蛇可以抵當賦稅，而被毒蛇咬只是一年兩次，其餘日子可以
熙熙融融，生活快樂，而改繳賦稅卻是全年受苦，做人生不如死。正如
孔子所說"苛政猛於虎"。因此，百姓們雖然其父祖死於毒蛇，而仍然願
意以捕毒蛇為生。所以子厚此文也就是為民請命。

　　子厚稍後調任，貶至柳州任刺史，他仍然關心民生疾苦，為當地人
民做了一件好事，革除了沒收債戶為奴的陋習。即是窮人向當地富戶
借錢而到期無法償還的，便可被債主終生沒收為奴隸，子厚從此規定可
以過期取贖，或以勞力折合債款，實在無法贖身的則由子厚籌錢代付贖
出。此舉使其上司觀察使讚許，並推行至其他州郡。

　　子厚在柳州時期，公餘仍然尋幽探勝，寫下不少山水遊記。在此順
便一提，子厚在柳州種柳的軼事。柳宗元自貶柳州後，便在柳江邊住
下，在花園中種了不少柳樹，他的一位好友呂溫見了，便作詩一首道：
"柳州柳刺史，種柳柳江邊。柳館依然在，千株柳拂天。"子厚讀此
詩後十分欣喜，更多種柳樹，並作〈種柳詩〉回呂溫道："柳州柳刺史，
種柳柳江邊。談笑為故事，推移成昔年，垂陰當復地，聳幹會參
天。好作思人樹，慚無惠化傳。"呂溫見後哈哈大笑，因子厚引用呂
溫原句。

　　想之，韓柳二人，同為提倡古文打拼，而且都兼擅詩文，寫文章也都能以文為詩及以詩為文。至於文體創作方面，韓愈則屬於多元化，任何文體都能作，至於柳宗元，則除了山水遊記是他的強項以外，至於其他方面，有關論辨文，如子厚的〈封建論〉、〈桐葉封弟辯〉，以及〈晉文公問守原議〉都相當好；又如序跋類文的〈論語辨〉、〈辨列子〉、〈辨鬼谷子〉、〈辨晏子春秋〉，以及〈愚溪詩序〉等，也都寫得古雅淡樸，意韻生動。但如論及奏議、詔令、箴銘、辭賦，以及傳狀、碑誌諸體，則非子厚之專長。至於韓退之，則各體文皆精湛而變化多端，可增全能之才。

　　韓、柳以後，同時代的有李翱、皇甫湜、劉禹錫、白居易，及元稹等人參與復興古文運動，但形勢已弱；至唐末懿宗、僖宗時代，雖尚有羅隱、皮日休、陸龜蒙等人承接韓柳遺風撰寫諷刺雜文，但此時提倡古文之風已遠非昔比。

第二十五篇　宋代古文

歐陽修，字永叔，廬陵人(按：今江西吉安)，四十歲被貶滁州，自號醉翁，晚號六一居士。由於永叔四歲時父亡，母便帶其三兄妹投奔隨州其叔歐陽曄家生活，因家窮，母用荻草在沙堆中教子寫字，就在其湖北曄叔家中得《韓昌黎集》，永叔極喜此書，但並不適用於考秀才進士，待他中科舉後，就潛心研習韓文，昌黎文體才藉歐陽修得以發揚光大。

某日，歐陽修與二友人出街，見一馬踏死一犬，三人相約作一文記之，借此比較孰優孰劣。文成後，三人並不出示各人作品，只問字數多少，以字最少者為優勝。

由於上述故事，想起傳說中有樵夫改歐陽修文章的趣事。歐陽修任滁州太守時，常去琅琊山玩，因此與琅琊寺的智仙法師成了好友，智仙為他在遊山的路旁蓋了一所亭子，落成之日，歐陽修親自題名為"醉翁亭"，並作〈醉翁亭記〉一篇，此文原來起首是"環滁四面皆山也，東有烏龍山，西有大豐山，南有花山，北有白米山，其西南諸峰，林壑尤美……"。歐陽修原準備刻於亭中石碑，為慎重起見，怕文章有不妥，便抄了五六份遍貼四圍城門，徵求市民意見，以便修改，即使過路客商、地方官員亦無任歡迎。但貼了一整天，未見有人提出修改，直到傍晚，有衙役帶來一砍柴樵夫欲修改歐文。歐陽謙虛聽命，樵夫認為該文起首提到東、南、西、北四座山太囉嗦了，於是修欣然遵命改為"環滁皆山也"一句開首已夠。並請蘇東坡抄了一份改正後的〈醉翁亭記〉作為禮物送給樵夫。此故事可能非真，但作文當求簡潔凝煉，實為寫文章的首要。

還有，歐陽修亦不喜作文用冷字僻典太多太雜，令人晦澀無明，但宋祁撰寫《新唐書》時，偏偏用典雜而多。但作為主編的歐陽修對此不滿，也不好當面批評；於是，稍後當宋祁來歐府赴宴時，永叔在大門上貼了一副怪對聯曰：「宵寐匪禎 扎闥鴻麻」。宋祁好奇，看了多遍不得其解，便問永叔門聯是何意思？永叔道：「因我昨晚得一不祥之夢，所以貼上這副對聯以避邪氣，意即『夜夢不祥，出門大吉』。」宋祁急問，既然如此，何不直說？要弄得如此費解。永叔道：「我是學你撰《新唐書》的筆法呀！」弄得宋祁哭笑不得。

唐宋八大家中，唐代韓、柳只佔兩家，其他六家都是宋代，除歐陽永叔外，尚有王安石、曾鞏、蘇洵、蘇軾、蘇轍三父子。除蘇洵只小永叔兩歲外，其他四位都是永叔後輩，都得過永叔的讚賞與照拂，而且他曾說：「東坡這位年輕人比我小三十歲，不久將領導文壇。」永叔亦稱讚曾鞏。蘇洵雖只小永叔兩歲，亦曾受到永叔與韓琦的稱許及舉薦，遂使洵名動京師。

歐陽永叔向有推挽後學的好心腸，今再舉一例。永叔任滁州太守時，其下屬王向在其屬下任幹當官，因當地有一位教師因某生拒交學費而告到王向那裏，王向批示道：「你應用教鞭懲罰不聽教之學生，以樹立師道之尊嚴，何必來向我告狀呢？」該教師不服，再上告歐陽修。但歐陽修十分欣賞王向的批示，並誇讚王向之才華且加以提拔，使王向日後出了名。

歐陽修於慶曆四年帶着滿肚怨氣來滁州任太守，他是從朝廷的右丞相因直言敢諫得罪了左丞相夏竦一幫邪黨而被貶到滁州。他暇日去逛城外西南的琅琊山，因而結識了一位高僧智仙而成為知己。智仙為他在山腰途中建一亭，讓永叔可與民眾飲酒同樂，便名此亭為「醉翁亭」，於是歐陽修自名醉翁，在此常與智仙與市民醉酒同樂。某日，智仙見亭中喧鬧非常，走近一看，原來修正與幾個百姓喝酒猜拳，智仙忙勸他別醉倒了。永叔道：「我哪裏會醉！民情可使我醉，山水也可使我醉，但酒卻不會使我醉，我只是如今奸臣當道，借酒消愁，我只是自裝糊塗罷了。"
於是吟詩道："四十未為老，醉翁偶題篇，醉中遺萬物，豈復記吾
年。"智仙領悟道："原來醉翁不醉啊！"同座一位書生模樣的中年人
起立曰："太守為官廉正耿直，世人仰慕，今且吟詩一首以賀太守。詩
曰："為政風流樂歲豐，每將公事了亭中，泉香鳥語還依舊，太守
何人似醉翁！"眾人齊聲讚好。智仙亦大讚好詩，至今刻詩於亭碑中。

　　唐宋古文，韓愈與歐陽修兩位均極為重要。歐陽修之文學自韓愈，
但兩人風格截然不同，韓文有陽剛之美，歐陽修文則有陰柔之美。永叔
每成一文，必貼壁上，一面慢慢讀，一面慢慢修改，有時甚至將全文改
完，一字不留。還有，他的文章讀來自然，可脫口而出。如他的〈醉翁亭
記〉，是一篇雜記，在今江蘇滁縣，琅邪山在今之津浦路附近。永叔在此
山築一亭，前已講及，不到四十歲，已自稱醉翁，作為亭名，其首句"環
滁皆山也"，真實情況是由二三百字精改而成，真神來之筆，也極平易淺
近，全文用"也"字，"醉翁之意不在酒，而在山水之間也"一句，即
來自此文。總之，永叔作文，精讀精改，極為費力也。

　　作文不能馬虎，要學古人榜樣，細心改作。像歐陽的精改細作，確
是我們的好榜樣。

　　有人說：歐陽修的學問成就在"三上"，那就是"馬上"、"廁上"與
"枕上"。還有"三餘"。傍晚，即黃昏為一日之餘；冬天為一年之餘；還
有"雨天"，也是三餘之一；在這三個餘下的時光用功夫、做學問，沒有
一分鐘浪費。

　　傳說，永叔年老時退休還鄉，已名滿海內外，晚上仍勤讀不已。妻
子幽默地問道："你還怕老師會罵你嗎？"永叔答道："我是怕將來的年
輕人要罵我呀！"因此到老仍勤讀不倦。

　　宋人師法韓愈古文最有成就的除了歐陽修，還有王安石。安石字介
甫，號半山，撫州臨川人，晚年封荊國公，人稱王荊公。也可說是永叔

的後輩。永叔也曾讚美王安石之文可媲美韓愈古文，但安石則説要學孟子。王安石之文亦具陽剛之美，但與韓文風格不同。

歐陽修有一文〈記舊本韓文後〉，其中有云：

> "予家藏書萬卷，獨《昌黎先生集》為舊物也。嗚呼！韓氏之文之道，萬世所共尊，天下之共傳而有也。予於此本，特以其舊物而尤惜之。"

由此可見永叔之推尊韓文。而永叔則是二百年後真正繼承並發揚韓文的大文豪。韓文陽剛而歐文陰柔，這證實了永叔師法韓文是遺其形貌而吸收其神理氣味，王安石讚揚歐陽修，在其〈祭歐陽文忠公文〉中稱道曰：

> "如公器質之深厚，知識之高遠，而輔學術之精微，故充於文章，見於議論，豪健俊偉，怪巧瑰琦。其積於中者，浩如江河之停蓄；其發於外者，爛如日月之光輝。其清音幽韻，淒如飄風急雨之驟至；其雄辭閎辨，快如輕車駿馬之奔馳。世之學者，無問識與不識，而讀其文，則其人可知。"

永叔、介甫兩人政見容或有異，但論人品之正直，又同是宗仰孔孟師道，又同是師法韓文公的文章，可謂惺惺相惜，讚美對方絕無絲毫保留，實厚道可風。

就唐宋八大家而言，最重要的當推韓、歐兩位，不過我也相當喜歡王安石的文章，因為他熟悉政務，關心政事，所以他的政論文章是我頗感興趣的。例如宋神宗登基不久即召見王安石談宋開國百年來政局粗安情況，安石以〈本朝百年無事札子〉以對，説明政局雖粗致太平，其實乃積弱積貧，亟待改革。蒙神宗接待並擢升安石為參知政事，以實行變法。又如他的〈答司馬諫議書〉一文，是答覆司馬光(按：當時司馬光任翰林學士兼右諫議大夫)反對安石的"侵官"、"生事"、"徵利"及"拒諫"四弊政，均為安石駁斥。但此函末尾仍以謙虛及仰慕之心作結。

　　談起司馬光與王安石，某日開封府府尹包拯請他倆同席赴宴，包公屢次勸兩人飲，均被拒絕，包公怒極摔杯地上，司馬光勉強喝了兩口，而安石不飲如故。次日，包公上朝接安石一信，上寫一聯道："斷送一生唯有，破除萬事無過。"包拯遂想起安石之所以拒飲，乃遵照韓愈所言"斷送一生唯有酒"及"破除萬事無過酒"的警語而行，包公遂恍然大悟，便將對聯掛於堂上，以資借鑒。

　　某次，王安石偕友人遊汴京，至管仲鮑叔牙廟時，安石題詩道："兩個伙計，同眠同起。親朋聚會，誰見誰喜。"等逛至伯夷叔齊廟，安石又題一詩道："兩個伙計，為人正直。貪饞一生，利不歸己。"當走到哼哈二將廟時，安石再題一詩曰："兩個伙計，終身孤淒。走遍天涯，無有妻室。"同行友人不知三詩有何意義，便問司馬光，光答道："這哪裏是作詩，這位拗相公只是作燈謎。而謎底卻都是筷子。"廟裏三座不同的神像，卻用不同的詩句寫成同一燈謎，也可見王安石之功力匪淺。

　　歐陽修的後輩中，還有他當年取錄的三個好學生，便是曾鞏與蘇軾、蘇轍兄弟。

　　曾鞏，字子固，江西撫州人，後居臨川。仁宗慶曆元年中進士，有《元豐類稿》。歐陽修曾讚道："過吾門者百千人，獨於得生為喜。"可見他備受歐公重視。如他的〈戰國策目錄序〉，對該書內容抒發個人之意見，為常人所不及，說理清晰，立論精準，為其代表作之一。他的文學見解與文章風格都和永叔相近。朱子曾說："學文章可從曾鞏之文學起。"清代姚鼐也曾說："宋朝歐陽、曾鞏之文，其才皆偏於柔之美者也。"（按：見〈復魯絜非書〉）正如曾鞏所說：寫文章雖然可以"開闔馳騁，應用不窮，然言近指遠，要其歸必止於仁義。"故歐陽與曾鞏之文，正是殊途而同歸。

　　至於歐陽修當年錄取的好學生，還有蘇軾和蘇轍兩兄弟。其中最了不起的是蘇軾東坡。他是文學家中的全才，他能作散文、古文、詩、詞、書法和畫，談到詩，他是我國四大家之一，即所謂“李（白）、杜（甫）、蘇（軾）、黃（山谷）”。至於蘇東坡作文，他自稱“行乎其所不得不行，止乎其所不得不止”，即是說，東坡作文是無所用心，是出乎自然。故我們又稱“韓潮蘇海”。所謂韓文似潮是指其剛猛；蘇文似海是指其為文平坦無奇，但無所不有。

　　所謂唐宋八大家，乃是唐代之韓柳，加上宋代之歐陽、王、曾與蘇軾、蘇轍兄弟，再加上蘇洵。韓愈說：“非三代兩漢之書不敢觀”，可說是一位復古派，但他的文章並不似秦漢格調。韓愈又說：“文以傳道。”其實，韓的文章並不傳道，卻是純文學，也有加入日常生活瑣事的。然而韓愈的復古文風以及文以載道之理想，如沒有歐陽修的繼起堅持此種主張，則晚唐五代以來的靡靡之音歪風將無法扭轉趨正。所幸永叔所提攜的這批後輩，包括王安石在內，還有曾鞏、蘇軾、蘇轍兄弟在內諸人，均能追隨歐公，拼力向前，才能完成復興古文的大業。

　　歐陽修的文章一本正經，以維護孔孟之道為職志，但他的詞則頗富浪漫情調。有一事可以作證。某年，永叔偶寓汝陰，遇見兩位聰明活潑能歌善舞的歌妓，而且還能背唱歐公作的詞，頗得歐公歡心，便約定她們說：“我將來一定會來汝陰做太守，可常欣賞妳們的美妙歌舞。”數年後，歐公果然調來汝陰，卻不見兩歌女蹤跡，便作詩道：“柳絮已將春色去，海棠應恨我來遲。”歐公不勝惆悵。三十載後，蘇東坡亦來此任官，知此軼事後大笑道：“這豈非是杜牧綠葉成蔭的故事重演？”

　　原來晚唐有位大詩人杜牧，某年他去湖州旅遊時，遇見一位未成年的美少女，於是憑友人介紹送禮求婚而成功，約定十年後來湖州成親，接着杜牧奉調回長安任職，轉眼已隔十年，他多次要求調職湖州，直至調任湖州太守時，已距與該少女訂婚之日有十四年之久。杜牧到了湖州，才知該少女已於三年前婚嫁他人，並已有三名子女。杜牧惱恨之餘，便嚴詞責問該介紹人，對方答以：“與君約期已逾三年，當然只好嫁人了。”杜牧自知理虧，遂作〈歎花〉詩道：“自恨尋芳到已遲，往年曾見未開時，如今風擺花狼藉，綠葉成蔭子滿枝。”由此可見歐公亦是一位浪漫風流的文人。

談起蘇東坡，知道唐宋八大家中，一家三蘇便佔去了三位，實在了不起，蘇家還有一位蘇小妹，文才亦不弱。據說，某日蘇洵與蘇軾父子和小妹三人在月光皎潔之夜限字吟詩。先由蘇洵擇“冷”、“香”兩字作為兩句之末字各造一句比試。蘇洵吟道：“水向石邊流出冷，風從花間過來香。”蘇軾則吟出：“拂石坐來衣帶冷，踏花歸去馬蹄香”兩句。蘇小妹亦不示弱，吟詩道：“叫月杜鵑喉舌冷，宿花蝴蝶夢魂香。”蘇洵兩父子聽後，拍手叫好。

一個人要寫出好文章，其實人的天資分別不大，最要緊是要多讀書，要能刻苦努力。如蘇東坡，他在宋仁宗嘉祐元年（公元 1056 年）二十一歲時便考中進士。當年他應試的題目是“刑賞忠厚之至論”。其成績所以優異，主要是他因博覽群籍，廣徵博引，甚至還能自創典故，使作為考試官的永叔大為驚歎，本擬將此文列為第一，由於歐公懷疑此位考生可能是曾鞏，為免人說閒話，遂把它壓為第二，放榜後才知是蘇軾。原來蘇軾所作典故，也是仿效自《三國志》中的〈孔融傳〉，可見也是從多讀書善讀書而得。

蘇東坡才華滿溢，但喜歡開朋友玩笑。某日與老友劉貢父等小飲，劉貢父晚年患風症，鼻樑幾乎塌斷。飲酒時各引古人語相戲笑，東坡喜對劉貢父說：“大風起兮眉飛揚，安得壯士兮守鼻樑。”闔座大笑，貢父悵恨不已，稍後鼻子斷爛，憂鬱而亡。可見開玩笑也得有分寸，不可過份。

東坡此人，不但有才華，也有急智。某年高麗國有使節來訪宋朝，派東坡作陪逛街，談及作對聯，東坡說中國無論男婦老幼，個個都曉。那使者有疑，便順便將眼前所見路旁寶塔作一上聯道："獨塔巍巍，七級四面八方。"命路上老翁作下聯，老翁擺手匆匆而去，使節笑道："那老翁不能對已遠走了。"東坡道："其實老翁是啞對，他已對出下聯，他擺一擺手，意即'隻手擺擺，五指三長兩短'，豈非妙對！？"高麗使者默然。

　　有關東坡之軼事甚多，就此打住。蘇洵三父子以論辨文最為取勝，其文古雅雄健。蘇軾則具有多方面的才能，無論詩、詞、古文、書畫，樣樣皆精，為北宋古文運動歐陽修以後的繼承者，亦主張"文與道俱"。至於蘇轍，幼年即受父兄薰陶，其文章風格近蘇軾，成就稍遜，但其文淡泊文靜，寫景狀物，尤為精妙。

　　有宋一代的古文，當以唐宋八大家中之宋代六人為代表。

第二十六篇　宋詞

普遍我們說：漢賦、唐詩、宋詞、元曲。

詞在宋代特盛，超越了唐代。

今人認為文學是進化的，所謂新文學出，舊文學告退，這是不對的。到了宋代，詩仍是存在的，不過多了詞，只可以說，支派加多了。

詩是文學的大宗，詞是文學的小宗；後來又由詞而分演出曲，曲又是詞的小宗；故如後來分演出白話詩，但不能將古詩切斷，它是連貫相承的。不懂詩的人，決不會做詞。

詩何以會分演出詞？此兩種體之不同，由於用處不同，因對象不同，題材不同，即是詩所無法表達的，則由詞來講。

韓愈之所以有"贈序"、"雜記"，因為他用這種文體可以表達此種人生。

詞的題材與對象同詩及散文均有所不同，因為這類作品只能用詞來描寫；這是細膩的小題目，要低聲婉唱，是陰性的美，與詩含有陽性的美不同。詞是柔性的。

如有詩曰："夕陽無限好，只是近黃昏。"此詩意境蒼茫萬象，但詞則描寫細膩，而非豪放的；詞是女性的、閨房的，而非如詩之具社會性。

《花間集》為中國第一詞選，作者有溫庭筠及前蜀王衍，後蜀孟昶（二王）。但李存勗不在集內，他是做戲之始祖。他有一首詞曰：

"長記別伊時，和淚出門相送，

如夢，如夢，殘月落花煙重。"

此詞脫口而出，顯見為詩的解放。

大詞家李煜後主，為南唐時人，其父李璟亦能詞，可見李煜是有家學。三國時代出人物眾多，五代最差，不出人才，但仍有開創新文學的人物，顯出中國文化的偉大。今日人們陷落於物質生活中，已不出人才了。

馮贊、李璟之詞，如："吹皺一池春水，干卿底事。""小樓吹徹玉笙寒。"上述兩句均作得極好，上句形容春天水波；下句之"寒"字非淒涼意，乃是寂寞之意。

李煜後主為大詞人，公元 936 至 978 年始為王，後亡國。後主亡國後被帶到開封為俘虜時，所作之詞更比前為佳。他為王時，有詞曰：

"歸時休放燭光紅，待踏馬蹄清夜月；

無言獨上西樓，月如鈎，

寂寞梧桐深院鎖清秋。

***

剪不斷，理還亂，是離愁（按：指離開江南故國），

別是一般滋味在心頭。"

李後主所作此詞，是代替大眾講出心聲，是由自己內心悲傷發而為羣眾之聲。中國文學的特徵即是如此臨空的。

凡是一首好的詞，詞中不宜表露出其身份，如"昨夜夢魂中，還似舊時遊上苑，車如流水馬如龍。"此詞描寫淒涼之事卻講得最熱鬧，但用到"上苑"兩字，便顯露出作者之身份，便不十分好。

又如：

"春花秋月何時了，往事知多少？

小樓昨夜又東風，故國不堪回首月明中。"

此詞由七言詩變成，詞中"故國"二字仍帶出背景，但以不帶背景為妙。

又如以下一詞：

"帘外雨潺潺，春意闌珊。

羅衾不耐五更寒。

夢裏不知身是客，一晌貪歡。

獨自莫憑欄，無限江山。

別時容易見時難，流水落花春去也，天上人間。"

此詞未有透露作者本身之身份和背景，是臨空寫來，故比上兩首為佳。

詞亦不同於賦，故不宜描寫"兩都"、"兩京"。《詩經》和《楚辭》中的〈九歌〉本來可唱；漢賦不能唱，但樂府可唱；唐詩中之絕句可唱，如"勸君更進一杯酒，西出陽關無故人"，是可唱的。且當時有專職的官妓，在宴會時用樂器唱出即席的賦詩。

詞是從絕句演變下來，也可以唱。而是女孩在房間中唱，細膩而溫柔。李後主愛唱詞，常僱了很多年輕女子來唱，後來他自己也編詞。

唐末至宋期間有《花間集》，是短詞，此是人生之另一方面開始了。但仍然保存着詩和散文諸體，因為各種文體需要用在人生的各方面。

宋代的晏殊、寇準、范仲淹以及歐陽修等均會作詞。詞要會唱，後來變成長的詞了。

歐陽修有位好友，因貶官經過長沙，聽一位年輕的官妓唱的詞，正是他自己所作。他離開長沙後，此妓女不再接客唱詞，等他再來長沙時，此妓女已死，成一哀艷淒惻的故事。

當時的妓女均通文學，會唱詞。

詞本屬陰柔之美，但亦有人轉換花樣，蘇東坡出，用韓愈、杜甫筆調作詞，當然不是正宗的詞，如東坡的〈念奴嬌〉，本來是講兒女的溫柔，但詞中卻是極大的氣魄，成為詞的變調，其詞曰：

"大江東去，浪淘盡，千古風流人物。故壘西邊，人道是：三國周郎赤壁。亂石崩雲，驚濤拍岸，捲起千堆雪。江山如畫，一時多少豪傑。遙想公瑾當年，小喬初嫁了，雄姿英發。羽扇綸巾，談笑間檣櫓灰飛煙滅。故國神遊，多情應笑我，早生華髮。人生如夢，一尊還酹江月。"

又如蘇東坡的〈水調歌頭〉，詞曰：

"明月幾時有，把酒問青天，不知天上宮闕，今夕是何年？我欲乘風歸去，又恐瓊樓玉宇，高處不勝寒，起舞弄清影，何似在人間！轉朱閣，低綺戶，照無眠。不應有恨，何事長向別時圓？人有悲歡離合，月有陰晴圓缺，此事古難全，但願人長久，千里共嬋娟。"

某日，蘇東坡問一歌妓道："我的詞與柳屯田的詞相比如何？"歌女答道："柳詞是要十八九歲姑娘來唱，但你蘇先生的則要由關西大漢敲打厚鐵板來唱。"因為蘇詞〈赤壁懷古〉是豪放的，柳詞〈雨霖鈴〉則是婉約的，其詞曰：

"寒蟬淒切，對長亭晚，驟雨初歇。都門帳飲無緒，留戀處，蘭舟催發。執手相看淚眼，竟無語凝咽。念去去、千里煙波，暮靄沉沉楚天闊。多情自古傷離別。更那堪、冷落清秋節，今宵酒醒何處，楊柳岸、曉風殘月。此去經年，應是良辰、好景虛設。便縱有、千種風情，更與何人說。"

又如柳屯田〈晝夜樂〉，其詞曰：

"洞房記得初相遇。便只合、長相聚。何期小會幽歡，變作離情別緒。況值闌珊春意暮。對滿目、亂花狂絮。直恐好風光，盡隨伊歸去。一場寂寞憑誰訴。算前言、總輕負。早知恁地難拼，悔不當時留住。其奈風流端正外，更別有、繫人心處。一日不思量，也攢眉千度。"

蘇、柳兩人之詞，前者陽剛之美，後則陰柔之美，截然不同也。

與蘇東坡相同氣魄作詞的，則為辛棄疾稼軒，他作的詞是為國家民族，猶如岳飛作〈滿江紅〉一般。

辛棄疾為南宋第一大詞人，也可說是最傑出的愛國詞人。其〈鷓鴣天〉一詞，說出其一生。其他如〈西江月‧示兒曹以家事付之〉其詞曰：

"萬事雲煙忽過，百年蒲柳先衰。而今何事最相宜？宜醉宜遊宜睡。早趁催科了納，更量出入收支，乃翁依舊管些兒，管竹管山管水。"

這已是辛稼軒晚年的心態了。但他壯年時卻有恢復中原振興大宋的壯志豪情，其〈永遇樂‧京口北固亭懷古〉一詞曰：

"千古江山，英雄無覓，孫仲謀處，舞榭歌台，風流總被雨打風吹去。斜陽草樹，尋常巷陌，人道寄奴曾住，想當年，金戈鐵馬，氣吞萬里如虎。

元嘉草草，封狼居胥，贏得倉皇北顧。四十三年，望中猶記，烽火揚州路。可堪回首，佛貍祠下，一片神鴉社鼓。憑誰問，廉頗老矣，尚能飯否。"

此詞字裏行間，充滿了一片抗金壯志，與其另一傑作〈南鄉子‧登京口北固亭有懷〉聯成姊妹著名篇章。

到南宋時，姜白石(夔)是一位正宗詞家，本人又懂得音樂，他有詞譜傳下，但今人已看不懂，唱法已經失傳了。

至宋末，已經對詞不懂得唱了。

今日有人能教詞，但不能作詩。其實，今天已不適合用詞，應該作詩才對。詩才能描寫慷慨激昂可歌可泣的故事；不然，就得再有像蘇東坡、辛棄疾這類大師出現。

今天要喚醒國魂，非詞的工作，而是需要詩，詩是歌唱人生的，而非咒罵的。

學文學要不怕老舊，要能傳承保留。

第二十七篇　元曲

由宋詞而變成元曲後，曲是成為社會化、平民化了。再由曲而演變成明代的傳奇，就有了唱崑曲。

崑曲是可以在客廳裏表現，養在家中的有家妓，且有一大班人。由主人自己填好詞與歌，自己本人就是導演編劇，正如莎士比亞在倫敦演戲一般。

滿清入關後，崑曲衰落了，進而演變成京劇。京劇重要的是有科班。可參看梅蘭芳的《舞台生活四十年》，梅蘭芳唱做功夫都入一流，且是有傳承的，他終能成為大藝術家，實在是一位了不得的人物。

由上面一條大道看，是詩、樂、舞互相配合，其中以詩較差。梅蘭芳、程硯秋等名伶，是有人為他們創製好的唱詞用來演唱。

今日大陸提倡中醫、京劇、各種地方戲、武技……等，能從多方面來提倡，來培養，這才好。

今日，吾人如欲改良戲劇，應從研究劇本着手。如"搜孤救孤"這一齣戲，是取材自《史記·趙世家》，元代時就有演唱。西人哥德聽到此劇本的故事後，亦大為感動。

由以上所說，可見民間文學的演進是由詞到曲，再由曲演進到傳奇，然後再演變為劇。

談到元曲，首先當提到**關漢卿**，他是元代的著名雜劇作家。根據史載他共創作雜劇六十餘種，但現存的僅十八種。包括社會劇、愛情劇和歷史劇三種，比較出名的有《竇娥冤》、《蝴蝶夢》、《望江亭》及《拜月亭》等多齣，上述可以稱為他的代表作，例如《竇娥冤》訴說竇娥的一生悲慘遭遇，為了其父竇天章要赴科舉考試而向寡婦蔡婆借貸，因此不得已把女兒瑞雲給蔡婆做了童養媳，她婚後所遭受種種苦難無人可以為她申冤，最後終於被貪官奸吏枉判死刑鬱鬱以終。要等其父成功名任官返鄉重審此案，兇徒判死，竇娥冤情得雪，但其間種種曲折情節，感人至深，此劇之第三折道：

"（正宮，端正好）沒來由犯王法，不提防遭刑憲，叫聲屈動地驚天！頃刻間遊魂先赴森羅殿，怎不將天地也生埋怨。

（滾繡球）有日月朝暮懸，有鬼神掌着生死權。天地也！只合把清濁分辨，可怎生糊突了盜跖、顏淵？為善的受貧窮更命短，造惡的享富貴又壽延。天地也！做得個怕硬欺軟，卻原來也這般順水推船。地也！你不分好歹何為地？天呀！你錯勘賢愚枉做天！哎，只落得兩淚漣漣。"

在一百多年前，此劇集已被譯成外文介紹到歐洲，連西人也大受感動。國人王國維在其《宋元戲曲考》中評價道："把此劇列之於世界大悲劇中，亦無愧色。"關漢卿把一個苦命的弱女子演得栩栩如生，把情節造得波濤起伏，動人心弦，十分難得。

與關漢卿差不多同時的**王實甫**，創作了出名的《西廂記》。他將唐人元稹的小說《鶯鶯傳》，進而由董解元改編成《西廂記諸宮調》，再由王實甫在後者的基礎上，再作出若干修改，而成為人物形象生動的《西廂記》，成為反對舊式婚姻而開創戀愛自由的新風氣。

《西廂記》亦可稱《崔鶯鶯待月西廂記》，此劇中第四本第三折道：

"碧雲天，黃花地，西風緊，北雁南飛。曉來誰染霜林醉？總是離人淚。恨相見得遲，怨歸去得疾。柳絲長，玉驄難繫，恨不得倩疏林掛住斜暉。馬兒迍迍的行，車兒快快的隨，卻告了相思迴避，破題兒又早別離。聽得道一聲去也，鬆了金釧；遙望見十里長亭，減了玉肌。此恨誰知？

青山隔送行，疏林不作美，淡煙暮靄相遮蔽。夕陽古道無人語，禾黍秋風聽馬嘶。我為甚麼懶上車兒內，來時甚急，去後何遲？

四圍山色中，一鞭殘照裏，遍人間煩惱填胸臆，量這些大小事兒如何載得起？」

《西廂記》此折戲曲由"碧雲天，黃花地"開始，用"山色、殘照"作結，描寫兩人間的別離情景，生動感人，且修辭造句亦淡雅優美，故被稱為元代戲曲中的代表作之一。明人王世貞《藝苑卮言》譽為元劇壓卷之作；胡應麟的《少室山房筆叢》亦稱譽王實甫是"詞曲中思王太白。"（按：思王指曹植）又稱道："西廂主韻度風神，太白之詩也。"

元曲中尚有"南曲戲文"一派，其發祥地在浙江永嘉，故又稱"永嘉雜劇"。此劇種以歌舞滑稽為主，將唱、唸、做、舞四者融合為一體。高則誠根據《趙貞女蔡二郎》改編成《琵琶記》，成為今日南戲之祖。

《琵琶記》的曲情向兩方面開展，一邊是蔡伯喈進京趕考結果為榮華富貴所捆綁；一邊是趙五娘困居家園遭受着天災人禍的苦難。揭示了雙方苦樂禍福的深刻矛盾衝突。人說南戲發展到此一時期已是頂峰。

到了元朝末年，有人把《荊釵記》、《拜月亭》、《殺狗記》及《劉知遠白兔記》合稱為"四大南戲"。

此外，金元時期還有一種散曲，是一種樂曲的曲詞，是繼詩、詞以後衍生出來的新詩體，成為元代一種獨有的詩體，足以與唐、宋的詩、詞分庭抗禮。此種似詩體的散曲，可分為"小令"與"散套"兩種。其分別只在於前者用單一曲子組成，後者則用數支曲子組成，至於詞的典雅或奔放，則悉隨尊便。例如馬致遠的小令〈天淨沙·秋思〉道：

"枯藤老樹昏鴉，小橋流水人家，古道西風瘦馬。

夕陽西下，斷腸人在天涯。"

又如張養浩的〈山坡羊‧潼關懷古〉道：

"峰巒如聚，波濤如怒，山河表裏潼關路。

望西都，意躊躇。傷心秦漢經行處，宮闕萬間都做了土。

興，百姓苦；亡，百姓苦。"

還有後期散曲作家如張可久的〈黃鐘‧人月圓‧春晚次韻〉道：

"萋萋芳草春雲亂，愁在夕陽中，

短亭別酒，平湖畫舫，垂柳驕驄。

一聲啼鳥，一番夜雨，一陣東風。

桃花吹盡，佳人何在，門掩殘紅。"

這些散曲，寫景狀物，詞都是清麗可喜，雅俗共賞。

第二十八篇　小說戲曲的演變

　　小說戲曲這一類文體，在西方算是正宗，在中國則不然。

　　中國的文體是由詩到詞，再由詞到曲，由曲到傳奇、戲劇，如此演變下去。至於神話、故事則是任何地方都有的產物。中國古代已有，但早前未形成文學而已。在西方則由神話、故事而有文學。中國之所以當時沒有形成文學，是由於文化背景之有所不同所致，吾人不能用批評，只宜從歷史文化中去找答案，才能說明中西之為何有異。

　　我們中國人在文學方面所用的精力，並不把它放在神話故事上。這原因是由於中國版圖疆域廣大，難免有了眾多地方性，如齊、魯在泰山兩邊，風土人情各不相同，而中國人認為要創造一套超越地方之上的文學，因此提倡雅而除去俗。但埃及、希臘等外國地區因其國土狹窄，故地方性的神話故事特受重視。

　　由於中國古代的子產、叔向等人物思想觀念廣大，看不起地方性的不登大雅之堂的東西，而偏重於超越地方性的合作與聯合。而西方則是不主張也不可能合作的，即無法在國與國之間作出團結，即使英倫三島亦無法合作。

　　中國的文學已是統一的，與西方各國之間用不同文字有別。

　　中國並不重視神話、故事等地方性的俗文學，而重視的則是《詩經》、《楚辭》。

　　當時山東有齊東野人之語，即莊子所說的齊諧，講故事甚為流行；楚國則流行地方性的神話，但此片沃野，尚未發芽，亦未受普遍歡迎。

　　中國古代有小說家之流，為九流十家之最後一派。有很多小說材料從《呂氏春秋》中找到。

　　古代的小説書有《穆天子傳》，周穆王見西王母之神話，是一新聞故事，亦非小説。又如《山海經》，其實是一本地理書，亦非神話。上述兩書亦可説是中國人的小説，但非文學，説其為小説亦不十分妥當。

　　漢代亦無小説，然漢賦中有〈七發〉等，其體裁有近似小説的地方。

　　又如《孟子》、《莊子》諸書中亦略含若干小説材料。稍後有了筆記一類的文體出現，但亦非文學小説，如《搜神記》，是分條敍述的筆記。

　　接着又有講宮闈故事的如"漢武帝"、"趙飛燕"的故事出現，所謂秘聞，由於京城離各地方路途遙遠，聽到宮事有如秘聞。即所謂"天高皇帝遠"，但這些亦無不是可登大雅之堂的文學或小説。

　　因此中國古代有故事、神話、小説和筆記，但這些都並非文學。嚴格來説，可以進入文學史的小説，要自唐代開始，並以《太平廣記》為代表。

　　《太平廣記》所涉及的範圍很廣。凡欲研究中國社會史、宗教史、經濟史和文化史等問題者，均可參考此書。可説是唐代的小説大全。全書有五百卷，但其中有部分材料並不十分可信。其中如"虯髯客與紅拂女"的故事，亦有記載，這些小説文章，描寫甚為生動，但不一定真有其事。其中敍述，為正史所未載，讀起來趣味性十足，頗為引人入勝。

　　又如有《會真記》的小説，講述崔鶯鶯的故事，後來有宋人將之編成《西廂記》的曲。

　　唐代之所以能把小説這個文體發展起來，搞得紅紅火火，其原因有二：

　　(一)唐代是科舉社會，人人要去京城考進士，張生便是去京城趕考者，在途中遇到崔鶯鶯。此種投考是政治上給予考生的唯一出路。全國書生可到中央考試，不分階級，一律平等，但評卷有一規定，考生除了參加臨場考試外，尚可攜帶其平日的作品成績，給前輩進士出身的中央名學者觀看，稱為"溫卷"。目的是讓前輩們看了可以為此考生對其作品加以揄揚，使考生考前有了名氣，讓考官對其有好印象，便易上公榜了。進士考的是詩賦，讓前輩看舊作品難免使人感到枯燥，使人厭煩。因此，考生們事先創作了小說體裁的傳奇故事，使前輩們翻看時當作消遣之用，並且容易引起前輩們的興趣與好感，俾便考前給予好評。因此創造出《虯髯客傳》一類的小說傳奇。前輩們看的只是考生們的文筆如何，於是考生競相創作富有趣味和刺激的小說體裁作品，以便科舉考試順利成功。

這是唐代開創中國散文體中發展小說的重要來源，雖然這動機甚為無聊，但西方荷馬等史詩實更為無聊，他們起初只是隨街演唱的歌謠而已。

(二)中國文學中的小說發展起因是：自佛教進入中國後，其中從佛學經典中演繹出來的佛教故事，如講述釋迦牟尼一生經歷，實是一篇很長的韻文故事。又如《百喻經》，是用各種比喻講道理，即是在佛經中有很多神話與故事，即使最莊嚴的《維摩詰經》亦有神話，又如《楞嚴經》亦然。宗教是社會性的，是屬於普羅大眾的，更要求普遍化、通俗化，以便宣揚佛教。又如敦煌的佛教卷子中亦有說故事的，如“目蓮救母”，後來用作宣卷之用。每字七句，是有韻的白話故事體；即使如道教，也有這種說故事的文體。

由於以上兩大原因，促使唐代寫小說文體大為盛行，遂成為中國文學史上一種正式的文體。

到了宋代，流行一種用鼓配合敲打來說故事的。陸放翁作詩道：

“斜陽古柳趙家莊，負鼓盲翁正作場。

死後是非誰管得，滿村聽說蔡中郎。”

接着又從說故事演變到有《琵琶記》。可以說，宋代從用白話韻文演變成平話，接着又有了章回小說。

後來再由一人的自彈自唱，而變出了說書、清唱與彈詞，嬉笑怒罵，出口成章，到了明代末年，這一類的活動極盛。然後，再從這條路演變下來，換了一個方式，即變成出現了章回小說，此即由“說書”變來，有所謂"武十回"、"林十回"，是講武松、林沖的故事，故有"欲知後事如何，且聽下回分解"的押後語。在施耐庵寫成《水滸傳》前，這類說書在當時已經傳誦極廣了。

文章不光是單靠寫的，還要會讀，會朗誦，甚至會唱。從前蘇東坡某次替人讀文章，他説該文內容文筆僅僅值一分，他的誦讀卻佔了九分。

我們要學習文章，當然創造較模仿為難，模仿是容易得多，我們在創造前，也不妨先有模仿。因為創造是要有客觀的條件才能形成的。

大體來説，宋詞繼承唐詩而來，元曲又繼承宋詞而來，接着又由元曲演變為戲劇，如有明代的崑曲，到了清代，又有京劇崛起，於是在中國文學史中，這小説與戲劇便佔了一席地位。雖然平劇這個戲曲，也是一代接續一代而成，而且平劇之造成，還含有《詩經》的元素，因為《詩經》的"風、雅、頌"，在當時是有演有唱的。所以中國文學是代代相傳、一脈相承的。同時我們也不能以為自中國自五四以來因提倡有了新文學，便認為平劇及以前那些文學都是舊文學，應該棄舊迎新，這是十分不合理的；也不能因為新文學是與西方文化接軌的，值得重視；而舊文學卻都是古老腐舊之物，這卻如有了子女，便把父母拋棄不顧。中國傳統文學自有其一套生生不息的、活的、永恆的生命。

第二十九篇　明清古文

明代主張復古派的有會所的組織，當時有王世貞（明廷大臣）等參加。王是主張廟堂派的，文章重雕琢粉飾。

同時期還有**歸有光**，崑山人，文章是學唐宋八家中的歐陽修與曾鞏，又上學《史記》，特別對《史記》中家常兒女瑣事和外戚列傳等相當喜好。主張文章出於自然。

後來歸有光被認為是文之正宗。歸有光與西方的莎士比亞同時。

學術之偉大在於有自由，且能得到後世的公正評論，誰也不能勉強。

明代歸有光以後，到清代的，古文崇尚唐宋八大家的出了**姚鼐**，姚的老師劉大櫆，劉的老師方苞，他們三代人都學歸有光，均為安徽桐城人。此時考據之學大盛，但桐城派卻提倡文學，他們用力最勤的是《史記》，留傳有《歸方評點史記》，歸有光用紅圈，方苞用藍圈，兩人共圈處則重疊；重要處加圈與三角形。轉角的重要處用三角標點；除了點、圈外，還加上注，這是作文章的方法論。師長指示的是一條途徑，然後再由自己去跑。

姚鼐編纂《古文辭類纂》，凡是駢文和騷都歸為辭。此書是將文體分類，將全國古今文章分為十三類，選入唐宋八大家的作品後，接着選入歸有光、方苞和劉大櫆的，但劉文較差，姚鼐將劉大櫆文選入近十篇，人家便說閒話了。人說"歸方"、"方姚"，而不提及劉，因劉文較差也。

與方苞、姚鼐同時期的是講漢學的考據學派。他們有門戶之見，看不起宋學，但宋代之文學極有優勢，漢學家不喜宋，連文章也不講宋人的，他們也不提韓愈，主張回復學《文選》。清代也出了幾位知名學者，他們學魏晉而不學唐宋。

　　道光年間出了**曾國藩**，曾氏中進士後到北京，遇見姚鼐的學生梅伯言，後來曾亦學桐城派古文，曾國藩一生在兵營中，仍用功讀寫文章，編了一部《經史百家雜鈔》。

　　姚鼐文章學《史記》，曾國藩則學《漢書》，後來稱為"湘鄉派"，實源自"桐城派"。曾國藩四大弟子中，其中之一為吳摯甫，曾掌北京大學。嚴復回國出版著作時必請吳摯甫作序。後來北大國文系內有一派稱為桐城派。

　　另一反對桐城派漢魏的考據派，傳至末年，出**章太炎**，因章師俞樾曲園是漢學家，故章太炎的文章是帶有選體味道的。學《文選》的就穿插了先秦諸子。

　　當時的陽湖派古文家覺得桐城派的文章淡，於是提倡諸子與漢賦。

　　當時學《文選》和諸子文章的，有汪中和龔自珍，章太炎亦然，由於章的弟子在北大教書，故也出了選派。因此北大有選派與桐城派，五四運動一出，兩派都被打倒了。

　　五四提倡白話文後，再無文學可講，大學只是講語言、甲骨文和人物作品的考據而已，大學裏就沒有文學了。在文學系聽的只是語言、文字與考據而已。三十年來至今，已危險了，致使今日青年已無國文根基。

　　章太炎年老時在蘇州設國學家講學，這時期他的文章就近似桐城，別人讀來易懂了。他並教人學文章要自桐城派入，晚年時懷悔自己早不學桐城。

　　近代懂得桐城派古文的是**梁啟超**，他認為應學桐城派。但梁啟超自己作文不似桐城，寫起來洋洋灑灑，很寬大而散漫，但亦有好文章，例如〈異哉所謂國體問題者〉一文便是。

　　我的朋友中，胡適之的文章寫來調皮活潑，但用心而不隨便寫；胡適之的理論我是反對的，但他的文章很成功，故至今有影響力。胡的文章仍有點內容，但今人仍不易懂了，因青年人的國文根基已差了，水準

低落了。¹

今日青年應能看二千年前的國文，又應能看五十年前的英文書，才合水準。如欲在學術界作自由人，一定要化三五年時間讀通中英文。如要在學術上能自由、能獨立，必須讀書才是正路。

桐城姚鼐惜抱編纂《古文辭類纂》，此書主要應先看其序。全書將文章為分十三類，如下：

(1) 論著；(2) 序跋；(3) 奏議；(4) 書說；(5) 傳狀；(6) 碑誌；(7) 贈序；(8) 雜記；(9) 哀祭；(10)辭賦；(11)箴銘；(12)頌贊；(13)詔令。

上述十三類中，"論著"、"序跋"屬"子"，是關乎學術思想之文，序在前，跋在後。例如杜預注《左傳》後，前面寫一序；或有在著作完成後，請人寫序作介紹的。有的則讀完該書後寫一跋。

接着的"奏議"、"書說"、"傳狀"和"碑誌"四類，是屬於"史"，"奏

1　錢穆老師在本篇中談到："今日青年人的國文根基已差了，水準低落了。"記得 1960 年時，錢師去美耶魯大學講學半載，筆者當時畢業新亞研究所後，在香港一中學任教文史課程，我有信向錢師問好及報告近況，意外欣喜的是得師逾千字的覆函，後輩愛好中國文學的青年朋友，都值得參考，其中有云："所謂為人與做學問一以貫之，可即從此體驗。最近能精讀姚鼐《古文辭類纂》，先從昌黎入門，依次可讀柳宗元、歐陽修、王安石、曾鞏四家，然後再讀蘇氏父子，讀各諸家之詩文時，如能參讀其年譜及後人之評注更佳。在新亞及孟氏圖書館中可借得。讀過姚纂，則曾文正《經史百家雜鈔》已得其半，即從此兩書入門，亦是學問一大道。惟望能持之以恆，不倦不懈，不到一兩年即可確立一基礎，至盼循此努力為要。《曾文正公家訓》及《求闕齋讀書記》及《鳴原堂論文》等，在《曾文正全書》中，盼加瀏覽，必能與最近弟之工夫有相得之啟悟也。於讀文之外，並盼同時能讀詩，主要可依曾文正《十八家詩鈔》所選，先就愛讀者擇其一二家讀之，讀完了一二家，便可再選一二家，以先讀完此十八家為主。最少得讀完十家上下，每日只須讀幾首，勿求急，勿貪多，日積月累，沉潛浸漬，讀詩如此，讀文亦然。從容玩味，所得始深，切記切記。……惟為學必先有一種超世絕俗之想，弟性情忠厚，可以深入，因詩文皆本原於性情也。若不能超世絕俗，而只有此一番性情，亦終不免為俗人。從來能文能詩，無不抱有超世絕俗之高致，弟於讀文時試從此方面細求之，若於此有得，則志氣日長，見識日遠，而性情亦能真摯而醇篤。文學之一方面為藝術，其又一方面為道德，非有藝術心胸，非有道德修養，則不能窺學之高處，必讀其文為想見其人，精神笑貌，如在目前，則進步亦自不可限量矣。"

議"是下級對上級，"詔令"是上對下，"書説"是遊説之文，"傳狀"是傳記，是正式的史。"碑誌"則是人死後在墳上立碑，放入墳內的叫墓誌，最後幾句有押韻的叫銘，故稱墓誌銘。此種文體從東漢後開始而盛行至清代。私的史叫碑、狀、誌，不能正式寫傳。至於韓愈的〈圬者王承福傳〉和柳宗元的〈種樹郭橐駝傳〉並不是正經的傳。

至於"贈序"和"雜記"，這兩類是應酬文。如太史公〈報任少卿書〉是偉大的書信，憑如此一兩封信便可留傳後世。直到東漢，曹操與曹丕、曹植三父子才有好的書信。"雜記"是任何東西都可有記，日常家庭小建築，名勝古蹟均可有記。是了不得的應酬，均可有記。

"哀祭"是屬於祭文。

"辭賦"、"箴銘"、"頌贊"三類，則屬於應用小品。"辭賦"是有韻之文；"箴銘"則是用來鼓勵或勸告人的話，均可刻在器物上。"頌贊"則有對畫像的頌贊等。

"詔令"類，上面已提及，是上級對下級的指示或命令，如君王寫給大臣的便屬此類。

姚鼐如此分類是比《昭明文選》進步多了。但凡一物，有利必有其弊，天下事無不如此。中國文風很普及，例如不可能無數人為一死者作祭文，但每一祭文中必有若干句是精彩的。故後來變成輓對了。

中國人的對聯極有豐富意義與內容。其實對聯便是從文章變來的。如清阮元曾任兩廣總督，辦廣雅書院，又做過雲貴總督，滇池有一風景建築，作一長數十字的對聯，將歷史、人物和風景都寫了進去。又如曾國藩與俞樾所作之對聯均極佳。因此序跋均可省去，用對聯即可取代了。後來對聯太多了，看來就無意義，但大園林名勝仍有極好的對聯，例如蘇州留園，其中的稻香村中有一草亭，上有橫匾，刻寫了歐陽修的一句話，即是："其西南諸峰，林壑尤美"。此話極恰切，可即景生情。

我國之應酬文後來變了爛熟，由贈序到雜記，再而變成對聯，進而再到打油詩，已粗俗不堪。其實五四運動所提倡的文學要配合人生，古代早已有了，不過只是太爛而已。

徐志摩為歡迎泰戈爾作的〈泰山日出〉，並不適合東方中國的文學風情。

姚鼐的〈登泰山記〉，無人能出其右，此由於文言辭藻典故多，白話文則及不上。

有一位研究東方文化的美國學者，曾兩次來香港訪問我，問及有關泰戈爾的文獻，中國尚有存否？因他曾到過中國，但可惜沒有。

今日中國的人生實感枯燥，實足惋惜。

關於傳記，西方人十分注重。梁任公寫《三十自述》；胡適寫《四十自述》；由於中國人經常寫作詩文，以後此一生均在此史料中。

清代人寫日記是每天記的，偉大的事跡是在日常人生中，均能放入文學中。

桐城派古文的流弊是變成了應酬文，這班古文家學的是歸有光，將此當作文學，但當然亦有好的。[2]

2　錢穆老師提到桐城派的古文家學的是歸有光。另處也提及明代比較好的古文家也只有歸有光一人。這是因為桐城派人推尊《左傳》、《史記》與唐宋八大家古文，而歸氏亦相同，如《歸方評點史記》即歸有光與方苞同有評點史記，錢師在篇中已有詳細論及。且歸氏文本來就學歐陽修與曾鞏。其實方苞對歸有光文是好壞參半，他在《歸震川文集》後一文中道：
　　"昔吾友王崐繩，目震川文為膚庸。而張彝歎則曰：是直破八家之樊，而據司馬氏之奧矣。二君皆知言者，蓋各有見而特未盡也。震川之文，鄉曲應酬者十六、七，而又徇請者之意，襲常綴瑣，雖欲大遠於俗，其道無由。其發於親舊，及人微而語無忌者，蓋多近古之文，至事關天屬，其尤善者不俟修飾，而情辭並得，使覽者惻然有隱，其氣韻蓋得之子長，故能取法於歐、曾，而少更形貌耳。……震川之文，於所謂有序者，蓋庶矣！而有物者則寡焉。又其辭號雅潔，仍有近俚而傷於繁者，豈於時文既竭其心力，故不能兩而精與！抑所學專主於為文，故其文亦至是而止與。此自漢以前之書，所以有駁有純，而要非後世文士所能及也。"
　　此處方苞引用兩友人對歸氏所評，一劣一優，然後方氏本人評歸氏亦有優有劣。總的來說，歸文在古文義法方法，精於辭章而拙於義理。

至於曾國藩所評，認為歸氏之文無法與曾鞏、王安石比，亦不能與方苞並舉，認為歸有光所作贈序、賀序、謝序及壽序等，都是浪費筆墨，無意義之作。但林紓曾替歸氏辯護道："曾文正譏震川無大題目，余讀之捧腹，文正官宰相，震川官知縣，轉太僕寺丞，文正收復金陵，震川老死牖下，責村居之人不審朝廷大政，可乎？"（按：見《畏廬文集‧震川集選序》。）震川存壽序過多，或其後人愛不忍釋，究亦不能病震川也。

桐城派文人中，姚鼐弟子劉開曾談到作文循序漸進，謂初學者當先學歸、方，然後才進而唐、宋八家，再進而至《史記》、《漢書》。此番言論是由歸、方入門，再進而上溯唐宋八家及《史記》。但歸氏之所以能入桐城派文統，主要歸方同重《史記》，故有《歸方評點史記》。且方苞曾稱：古文自唐、宋八家以後七百年來無人，如無歸氏接續，則於桐城派大統有所中斷。故劉大櫆、姚鼐對歸方加以揄揚，且歸文本是師法歐、曾，遂使桐城古文有所承接也。劉大櫆之喜好歸文，曾編《歸震川文集》選本，劉氏又曾編撰《唐宋八家古文約選》，以歸文稍得古人行文之意，故將歸文附入該書中達三十三篇之多。

又，劉氏弟子姚鼐論歸文，亦頗多讚譽，其〈與陳碩士書〉中說："得書謂震川論文深處，望溪尚未見，此論甚是。望溪所得，在國朝諸賢為最深，較之古人則淺。其閱太史公書，似精神不能包括其大處、遠處、疏澹處，及華麗非常處。"此處姚氏說方苞論《史記》不及歸氏之深。故歸文雖有瑕疵，但亦有其長。姚氏又謂歸文風韻疏澹處，深得太史公真髓。因此歸文便足以列入桐城文派之列。

另有一問題，錢師於清代桐城派簡略提及桐城派方、劉、姚三祖，但所述簡略。此處補充若干。筆者上世紀 1961 年時，除在新亞書院大專部擔任大一國文講師外，尚兼任新亞研究所助理研究員，當時由錢穆老師指導余研究"桐城派古文專題"，後寫成《桐城派文學史》一書，於 1975 年由香港龍門書店出版。後由錢師推薦敦請港大中文系羅慷烈教授指導余研讀碩士，羅師繼又敦促余撰寫博士論文，並於 1998 年出版《桐城派文學藝術欣賞》一書，港大考試委員饒師宗頤教授評曰："論方苞、姚鼐文論要點出於戴名世，具見讀戴氏書，用心細而能深入。糾正時賢淺稚之論，尤有裨於學術界，全文精闢之處在此。"此因時賢論桐城派只及方、劉、姚三祖而未及戴名世南山。

但在事實上，戴名世在弱冠時，即好交遊，與方苞方舟兄弟極友善；名世亦自言與方苞最親愛。方苞每成一文，常請名世改定之。凡名世評方文無可取者，方苞則接受意見而毀之。名世自言"靈皋（按：方苞字）尤愛慕余文，時時循環諷誦"，想像名世古文中妙遠不測之意境，頗有原效並受其影響。

戴名世雖自謙"與靈皋互相師資"，其實是方苞向名世師法，名世長方苞十五年，且名世二十歲前於古文方面已卓然有成，不但於古文寫作上，且於古文理論方面，亦多有方苞值得師法之處。

名世既與方苞"往復討論面相質正者且十年"。方苞於古文方面學自名世者想不為少。名世作〈方靈皋稿序〉時為四十七歲，時客金陵，名世三十八歲至四十四歲大部分時間居於金陵，估計兩人相與討論質正十年，當名世三十八歲與四十七歲之間，此時期當為名世文章大成之時，方苞此時取法，得益必大。

名世自言其文章風格曾變化多次。他早期之放縱奔逸文風與方苞少時之"發揚蹈厲，縱橫馳騁，莫可涯涘"如出一轍；而方苞後期"收斂才氣"後之"闡明義理為主，而旁及於人情物態，雕刻鑪錘，窮極幽渺"，則與名世後期之轉注於"義理之精微，人情之變態"而"務為發揮旁通之文"亦無以異，此即名世將自己所走創作古文曲折之路之經驗，授予方苞之明顯跡象。則兩人所經之途徑有如此之雷同實無足怪。兩人之見解同，風格同，嗜好古文同，方苞以名世之古文作為範本既達十年之久，其受名世之影響之深且遠，當可想見。

方苞曾謂：“古文雖小道，失其傳者七百年。”可見方氏眼中，唐宋八家以後，明代無一古文家足以稱鉅子。方苞之非宗法歸有光，誠如黎廣昌所言：“望溪為文與歸熙甫不類。”然如謂方苞宗法戴名世之文論，則誠離事實不遠。且戴、方二人均同宗《六經》、《語》、《孟》、《史記》及唐宋諸家之文，可謂志同道相合。

至於劉大櫆在古文理論上，被認為是創見而最受重視的文論 ——“神氣、音節、字句說”，或稱“因聲求氣説”，其實亦源出戴名世。戴氏所説前人並無特定名稱，今姑稱之曰“文章魂魄説”。王鎮遠曾有一文論及，稱姚鼐著名的論文八字訣，分明是從劉大櫆論文章“神氣”、“聲音”、“文字”的擴充與發展。其説王鎮遠並非完全説對。因姚氏所提出的為文八訣，戴名世大都早已提出過，故姚氏受名世之影響可能更大。其實劉氏的“神氣、音節、文字説”並非由劉氏創造，乃源自名世的“文章魂魄説”的啟發所得。因名世早在〈《意園制義》自序〉文中説：“每一題入手，靜坐屏氣，默誦章句者往復數十過，用以尋討其意思神理脈路之所在”。亦即後來劉氏所提出之“由‘字句’、‘音節’而得出‘神氣’也！”其實名世之“文章魂魄説”實受方百川之啟發所成。但再由方苞稍加發展，即時最精之“魂”——“神氣”，與最粗之“魄”——“字句”，再用稍粗之“音節”貫穿而溝通之，成為更為清晰之文論，而因此再啟發姚鼐“為文八訣”之擴展。

換言之，劉、姚之此項文論乃是遠紹於名世之“魂魄説”發展而成。

姚鼐又提出“義理、考據、辭章合一説”，他在〈復秦小峴書〉中説：“鼐嘗謂天下學問之事，有義理、文章、考據三者之分，異趨而同為不可廢。……三者必兼收之，乃足為善。”姚氏之意是要將義理與考據融化貫通於文章之中，期使文臻於“道與藝合”及“天與人一”之境界。顧易生謂姚氏此説源自程頤；武衛華則説姚氏此見乃得自劉氏啟發，又有近人艾斐謂姚氏此説為中國文學史上之創見，其實上述三人説法都值得商榷。因戴名世已早於姚氏提出相同理論，其《己卯科鄉試墨卷》序中已説及“君子者，沈潛於義理，反覆於訓詁”，並且要“言之行世而垂遠不可以無文”。這裏已提出“義理、訓詁、辭章”三者當兼備不可缺一，實已先於姚鼐提出矣！

論者又謂：姚鼐又發明文章“陽剛陰柔説”，其實並不然，其實，此説亦可謂出自名世，因名世有一文《野香亭詩集》序，其中道：

“余讀相國之詩，雄健峭削，如長松千尋，孤峰萬仞，而不可攀躋也。今讀先生（按：意指相國之子李丹壑）之詩，如清籟在耳，明月入懷，幽微淡遠，而難以窮其勝也。”

此處便是名世用陽剛陰柔兩種境界論同時代友輩之文。前者“雄健峭削”、“長松千尋，孤峰萬仞”是明言文章陽剛之美，而後者“如清籟在目、明月入懷、幽微淡遠”，則明顯是説文章陰柔之美。人又謂姚氏〈復魯絜非書〉乃學自嚴羽之〈滄浪詩話〉，其實我們如一讀名世之〈《意園制義》自序〉一文，便知後者啟發姚文更多也。

因此，談及桐城派如只提方、劉、姚三祖而不提戴名世是不公平的，名世實為桐城派三祖之祖，至少也應該説桐城派有戴、方、劉、姚四祖才對。但為何世人不提名世呢？此乃由於名世因《南山集》遭文字獄之禍而罹難。當時之人莫敢再談及其文與文論，但今已事過境遷，而饒師宗頤之尊翁饒鍔先生在六、七十年前慧眼識英雄，對名世之古文特加揄揚，將其古文與歐陽修並稱，可謂今之鍾子期，名世如地下有知，當含笑於九泉矣！

到曾國藩出，要將文學再回到經、史、子中，他編了一部《經史百家雜鈔》，此書與姚鼐編的《古文辭類纂》不同性格風調。曾國藩有名言曰：“古文之選，無施不可，但不宜說理耳。”所謂“文以載道”，何以古文不可說理？因唐宋古文家以詩為文，詩是不能說理的，所以曾氏說“古文不宜說理”，原因即在此。

我認為用白話文來抒情是不容易的，由於白話不太能表情之故。所以我說：“白話無施不可，但不宜抒情耳！”

中國人以詩為戲，散文作得好是可以抒情的。但用白話抒情的則不易見到有好文章。

中國用文言文抒情，可能已達到最高境界，此乃西方所無。

中國的戲是動作舞蹈化，講話音樂化，化妝繪畫化，集三者於戲劇上。

中國的人生在詩中表現，詩落實下來則為散文；西洋人生在戲中落實表現則成小說。

中國文學史講到這裏，可以說是中國文學的正宗。這是客觀的講法。《水滸傳》、《紅樓夢》等只是消遣的讀物。

唐代的佛經上，宋代的語錄上均有“白話”，但不能肯定此種“白話”是否與五四運動以來的白話相類似，不過胡適之作《中國白話文學史》時，都把它劃進去了。

又如《楚辭》中的如“朕皇考曰伯庸”，則決非白話。

文章有體有用，今日可用白話文描寫的文體太少了，只有小說、戲劇、書信、新聞稿及論文等類而已。

中國有兩位用白話文罵人的，除魯迅外，尚有稚輝。寧漢分裂時，吳稚輝幫蔣介石罵胡漢民而戰勝了。魯迅罵人的文章，對青年人的影響很大。吳稚輝的文章粗俗，魯迅的則尖酸刻薄而俏皮，但平心而論，其《吶喊集》中的小說寫得很好，又如他的用古文寫的《城外小說集》亦用過功夫，但已較林琴南差了。

　　共產黨的文章長於說理，但文學方面的水準不夠，即是說文章沒有溫情與性情。因文學要靠有溫情，熱情與冷情均太過了。

　　中國近數十年來一直搞純文學的，可說只有魯迅一人。但他的尖酸刻薄體裁是否可留傳後世，則是一大問題。

　　文學在今天已到了非創造不可的時代。全世界都已沒落了，英美在今日也已沒有大文學家出現。

第三十篇　明清章回小説

　　章回小説如《水滸傳》等是由演説變來，另有一種歌唱加上表演則成為崑曲。

　　屈原作的叫文，屬於韻文，是純文學。

　　太史公作的叫筆，屬於散文，非純文學。

　　"章"是文章，"回"是"會"也，即每次有集會之意。自有《水滸傳》後，此後最著名的章回小説有《三國演義》、《西遊記》……等，但只有《水滸傳》才夠得上稱為第一流的水準。

　　清初金聖嘆是一位文學批評家，他評定"六才子書"，評為天下才子必讀書，四部古典，加上兩部後來的。四部即《離騷》、《史記》、《左傳》及《莊子》，即合稱"左、莊、屈、馬"這四部中有傳、有子、有辭和史，但只有《楚辭》是純文學，但中國人有時均把上述四部書當成文學看。所謂"文以載道"，《莊子》這書是講道，《史記》、《左傳》是記事，但亦可説是道；因各有各的説法，都可説是在説其道。例如英國人説是"通商戰爭"，但我人則説稱為"鴉片戰爭"。故這篇歷史記事仍是文以載道。故從前人在腦中的印象均認為屈原、司馬遷都是文學家。

　　還有兩才子書是《水滸傳》與《西廂記》，《水滸傳》是章回體小説，是演説類；《西廂記》是表演的，是歌唱類，金聖嘆評此兩書極佳。其中亦有些改動。我本人之了解文學由於讀了金聖嘆的批注，然後進而讀《左傳》、《莊子》、《離騷》和《史記》，而促成更深的了解。[1]

聖嘆批注讀賞有加。平時筆者曾多次聽錢師談及要我們讀《水滸傳》時兼讀金批，但對金所知不多，只聽過有關他的幾個笑話而已。今不妨在此將所覓得材料，補述於此，以饗讀者。

金聖嘆（公元 1608 年至 1661 年），原名采，明亡後改名人瑞，字聖嘆，江蘇蘇州人。為文學批評家，以評改六才子書出名，清初以哭廟案被殺，有詩集。金氏自視很高，涉及於經、史、子、集及文字學及佛學各方面，明萬曆三十六年生，清順治十八年被處死，得年五十三歲。他有〈念舍弟〉詩云：“記得同君八歲時，一雙童子好威儀；拈書弄筆三時懶，撲蝶尋蟲萬事宜。”他遺有一子三女，由於他為人頗有傲氣，因而視下屬人民為“凡夫”、“粗漢”、“牧豬奴”等，有一崇拜金聖嘆的王斫山君，曾記下一則軼事道：

“斫山固俠者流，一日以三千金與先生曰：‘君以此權子母，母后仍歸我，子則為君助燈火費可乎？’先生應諾。甫越月，已揮霍殆盡。乃語斫山曰：‘此物在君家，適增守財奴名，吾已為君道之矣！’”（按：見廖燕〈金聖嘆先生傳〉）

此故事如屬實，則知金氏乃一率情任性之人。

金聖嘆可以說是一個聰慧好學的少年，他十歲入書塾，十一歲便遍讀《史記》、《離騷》、《妙法蓮花經》及《水滸傳》諸書，自此便稱“於書無所不窺之勢。”他在三十四、五歲時遭遇明亡的慘痛巨變，使他感到人生索然頹喪。自此亦激發他頓生傲岸嘲世之放浪心態。當時趙時揖記述他道：

“先生飲酒，輒三四晝夜不醉。詼諧曼謔，座客從之，略無厭倦。偶有倦睡者，輒以新言醒之。不事生產，不修巾幅，談禪談道，仙仙然有出塵之致。”（按：見《第四才子書，評選杜詩總識》）

他性情孤傲狂駭，超過時人。他甚至自以為是孔子之後的第一人，唯他獨得孔子“忠恕”之道的真諦。他在《水滸傳》四十三回批道：

“粵自仲尼歿而微言絕，而忠恕一貫之義，其不講於天下也既已久矣。……後之學者，誠得聞此，內以之治其性情即可以為聖人，外以之治其民物即可以輔王者。然惜乎三千年來，不復更講；愚欲講之，而懼或乖於遁世不悔之教……”

從上述批語中看，金聖嘆有自擬聖人之意，他之所以自名為喟，字聖嘆之因由即在此。

某日趙時揖曾問友人謝諱然道：“先生之稱聖嘆何義？曰：先生云：《論語》有兩喟然嘆曰，在顏淵則為嘆聖，在與點則為聖嘆，此先生之自以為狂也。”他雖博覽諸書，但並不深究，只是淺嘗，他常引申而能附會己意，好使人莫測其高深，意欲使人刮目相看。

金聖嘆以批《水滸》、《西廂》出名，此處且引一段，以供欣賞，其《水滸傳》第三十三回批”道：

“蓋昔者之人，其胸中自有一篇一篇絕妙文字，……特無所附麗，則不能以空中抒寫，故不得已旁託古人生死離合之事，借題作文。有彼其意：期於後世之人，見吾之文而止，初不取古人之事得吾之文而見也。”

此種借題作文的說法，和李贄在《焚書·雜說》一文所說之意見甚為相似，這不能不讚他因為談書雜而廣，因此隨手撿來便成己意。這也不能不說金聖嘆的高明。

金聖嘆因“哭廟案”於順治十八年在南京被殺，金氏雖忠於明室，但於清亦並無反意，且對順治雖讚其批六才子書為“古文高手，莫以時文眼看他。”金氏並北向叩頭敬賦。但歷史上改朝換代之際，舊臣才子遭殊是常有慣事，也是無可奈何。據說金聖嘆臨刑前曾說：“殺頭至痛也，籍沒至慘也，而聖嘆以無意得之，不亦異乎。”亦頗合聖嘆口吻。

　　《西廂記》是元曲，是傳奇，是可以表演的歌唱類文學。歌唱類是一種活文學，唱的腳本根據演說的故事，就由作者將之彙合而寫成一本書，如有了施耐庵的《水滸》，寫成的可說是講演筆記，如講者繪聲繪色，能夠把它生動的筆記下來，是受人歡迎的，因為饒有興趣。

　　到了清代，夠得上稱為第一流作品的便是《紅樓夢》。《紅樓夢》與《水滸傳》有其不同之點：《水滸傳》是粗線條作風，是活的文學，即是由繪聲繪形的演說筆記整理而成。《紅樓夢》卻是閉門寫作的，描寫十分細膩，但並不是活的演說筆記。

　　《水滸傳》是針對社會活生生的描寫；《紅樓夢》雖然亦可說描寫得活靈活現，但不易用演講和演唱來表達，因《紅樓夢》這本書中多的是詩、詞、歌賦，故無法演講和演唱。但《水滸傳》卻一舉一動均可演講，故京劇中採取《水滸傳》中的材料用來演唱的很多。

　　《紅樓夢》則是規規矩矩的，屬於西洋文學派頭。

　　《左傳》、《莊子》、《離騷》和《史記》亦是活的、切實的、有用的，方便為知識分子上層用的。

　　《水滸傳》和《西廂記》的起源是演說歌唱，亦是有用的，但為社會普羅大眾所欣賞，可演講，可演唱。

　　相傳金聖歎生前軼事甚多，在此錄下數則。

　　金聖歎曾更換姓名參加清代科舉考試。某次，清考官出題為“王之將出”，而金在試卷上並不寫字，只在紙上畫了五個圓圈，中間一個大的，左右兩邊各畫兩小圈，便交卷了。考官見而問之，金答道：“君不見戲台上大王出場，必有四個侍衛陪站兩邊也！”考官聞言哭笑不得。

　　又一軼事：某日夏夜晚，有人問道：“金先生，今晚天上見到半個月亮，那另外半個月亮在何處？”金聖歎笑道：“我所見到的這半個，就是你問我的那半個。”

　　據說金聖歎臨刑前曾賦詩道：“天公喪母地丁憂，萬里江山盡白頭，明日太陽來作弔，家家檐下淚珠流。”金又留下遺書一封給監斬官，寫道：“字付大兒拆看，花生米與豆腐乾同吃，當作雞肉香。此法一傳，死無遺憾矣！”監斬官笑謂：“金先生臨死還要討人便宜。”

　　至於《三國演義》亦是演講的，故稱為“演義”。

　　《紅樓夢》則非演義，是寫給人看的，事情少，是文勝於事。

　　尚有短篇小說，如《聊齋誌異》，略早於《聊齋誌異》的，叫《剪燈新話》，“剪燈”的意思是當夜深時，把所點的油燈那繩的着火處剪去使亮；用燈芯點着的則叫挑燈。

　　《聊齋誌異》是所談及的事情多，文筆則少。此書是活的，因該書有說明，書中故事是在荳棚瓜架下所談而記下者，是茶餘酒後的談料。

　　其他如尚有一本《夜航船》，也是記下來的故事。

　　中國應以傳奇戲曲為正宗，以筆記小說為旁支。這是事實皆然，非我個人所獨創。

　　王國維起初曾研究心理學，後來用西方叔本華的思想來研究《紅樓夢》，這方法是開天闢地的。即是按照王國維的說法，《紅樓夢》這本小說含有哲學意味。其實，這些榮華富貴如夢的思想是人人皆知，即叔本華的悲觀思想，中國人也早就有了，不過我們沒有系統的說出來而已。

　　這是王國維將中西文化配合起來講。他一面注意小說，一面注意戲曲，著有《宋元戲曲史》。

　　王國維也能填詞，作品有《人間詞話》，他由先了解詞進而來說曲，是一位內行人。江浙人擅長戲曲，此乃環境使然。

　　吳梅也擅於唱講詞曲，這是近代作這方面研究的最後一人，以後再無人注意，舊的傳統可說到此為止。

　　自五四運動以後，大學裏的文學系則只講文字學、方言及語音學這一類的學問了。後來風行小說，第一位譯西洋作品的是林紓琴南。他的文章是學歸有光、方苞、姚鼐的桐城派，聽到西洋小說而感新奇有趣，寫成《茶花女》、《黑奴籲天錄》等譯著，他本人不懂英文，是由他人口譯給他聽，再由他用歸有光《史記》的筆調寫成小說，著作有一二百種。但後來又有人要打倒這種作品，其實這是不對的。今日已買不到林譯的小説了。[2]

　　我曾經讀過林琴南百分之八十的譯著小説，可以説，西洋小説比中國小説好倒是事實。不過後來譯成的小説，都是用共產黨的老調，英美方面近世紀的文學作品，我也覺得已沒有古時的作品好，已不值得看了。

　　魯迅與周作人譯的《城外小説集》，只是薄薄的一本，但反被捧得很高，而林琴南的譯作反被罵，這實在太不公平了。其實，林譯是活潑而生動的，周譯卻甚為呆板。

2　錢師談到曾讀過八成林琴南翻譯的西洋小説，可見錢師頗喜讀林譯小説。筆者早年曾撰〈林紓（琴南）研究〉一文，收入拙作《中國古典詩文論集》一書中，林文共計有林的生平、詩與畫、林的古文及其與桐城派的區別及林的翻譯小説共四章，今在此約略補述一些林譯西洋小説的情況如下：
　　周桂笙較早於林紓翻譯西洋小説，但論質與量均不及林，林紓和嚴復是翻譯西洋著作的近代兩大鉅子，嚴是譯西洋哲學書，林則譯西洋小説。
　　林紓最早譯的是法國小仲馬的《茶花女遺事》，時在光緒二十五年。林譯此書時，正遇喪妻之痛，藉此以遺悲懷。
　　林紓因不懂西文，所以“凡諸譯著，均恃耳而屏目”。助林紓口譯的，有友好王壽昌、陳器、魏易、陳家麟等近二十人，但以後兩位為最多。林譯速度極快，平均每小時能譯一千五百字。照筆者統計，林在二十餘年中共譯成一百七十多種歐西小説，計英國一百種、法國二十七種、美國十二種、俄國八種、瑞士二種，其他希、德、日、比、西各一，尚有未詳作者四種及未付印的譯稿十七種，總字數達一千五百萬字以上。國人因讀其《茶花女》而一灑同情之淚，嚴復有贈林紓詩道：
　　“孤山處士音琅琅，皁袍演説常登堂。
　　可憐一卷茶花女，斷盡支那蕩子腸。”
　　此詩道出了林譯《茶花女》的悽惋情致，其聲價足與林在京師大學堂的十年皋比媲美。因林紓是意譯而非逐字逐句譯，所以易於鋪張渲染，可以刻畫人物，栩栩生動。連一向反對古文的胡適也稱讚他説：“先生譯小仲馬茶花女，用古文敍事寫情，自有古文以來，從未有長篇敍事寫情之文章，遂為古文拓一新殖民地矣。”
　　近人鄭振鐸評述林譯小説有二特點：一為林紓打破了中國章回小説的傳統體裁，二為中國小説敍述時事而能有價值者極少，有之，以林氏為多。但林譯之缺點是有時將整句英文音譯成中文，使人讀時如入五里霧中。
　　想之林譯小説對國人的貢獻就是有的，有人説：“有了林紓，中國人才知道有外國小説。”同時，當時國人談林譯小説的極多，藉此使國人了解西方人的社會生活和思想感情，也同時開啟了翻譯外國小説的風氣也。

　　胡適提倡西洋小説，但譯的只有十篇左右，卻反而要打倒別人的，其實別人譯的有一點小錯不應該吹毛求疵才對。

　　王國維與吳梅，後來已走詞曲的路。

　　中國後來的小説，則有《老殘遊記》、《孽海花》以及《儒林外史》等。但這些已不能與早前的《水滸傳》和《紅樓夢》等相比了。

第三十一篇　結論

以上講詩、賦、散文較詳細，講詞、曲、小說則時間較少。

讀文學史，先要通文學才好。

文學史這一門課在西方亦是近代才產生，較中國早些，但仍是一門後起學問。

中國至今尚無一本好的文學史（筆者按：錢師開始講此課程時，是 1955 年秋）。中國有各類的史，有通史、文化史、經濟史及社會史等，可以說，都尚未有好的教本，如今有的只是參考材料而已。

史是應該有生命的，如講文學史，必須從其內部找出很多問題。現在連通史的普遍性問題亦不普遍存在，今日只有共同的意見，而無共同的問題。我在一年來是提出了一些共同的問題，至少可作為將來研究問題中心的研究之用，答案固屬私人，但此類問題應承認其有。

當複習時，我們不必注意材料，而應注重答案與問題以及講的重心，因材料在各處都可找到。講到人文科學，可說中國的材料最為完備。"中國文學史"是中國人比日本人還寫得遲，至於社會史、經濟史亦然。因日本人同時讀中國與西洋的，而中國人卻只讀西洋的，而忽略了自身的。但日本對其本國卻無可研究，所以研究中國的。

中國人如果將來要在學術上有地位，必須要懂得三方面，便是中文的、西洋英文的以及參考日文。

今日代表漢學的反而是日本了，因為西方人只知道日本重視漢學。事實上，日本確實是重視研究漢學。

王國維撰寫的《宋元戲曲史》，只寫到元代，元以下則未有。故日本續下去講元代以後的。

魯迅曾在北京大學開講"中國小說史"，顧頡剛說，魯迅講的材料是參考日本的。後來顧頡剛為魯迅所痛恨，即此一點，我們在中國人文科學方面也有不如日本的。這實在令人感到慚愧。不過，關於中國的詩、賦與散文，卻是日本人所不敢講的。

講中國文學史，論到文集之完備，自《詩經》起，歷三千年，自《楚辭》起，歷二千三百年左右，材料充足，且每一部集的注釋有多至一、兩百種的，又有批評，如詩話、詞話、曲話等極多，即文學批評的書亦很多，又對作者及作品的考訂亦極詳細。可以說，古人對我們做的工作極多，材料均準備好了。

現在我們不去整理古人給我們準備好的材料，日本人實在勤奮，他們在努力整理。

今日日本人的商業道德亦很好，這是民族的美德，因此會富強。

又如，住在日本皇宮的皇族人士亦想學中國的園林藝術，由京都大學的教授們陪同去玩去看，但原來教授們此前並沒有去玩過，可見有書呆子的精神，連附近都沒有去玩過，這使我們感到慚愧。

我們研究中國文學史的材料極多，主要的是看法與觀點如何。日本人的缺點是他們還沒有獨立的精神，只是跟着別人的意見走。

日本對西方文化的重視，英文不重講而重看，重閱讀研究。

大學教授代表學術地位，外交官代表國家。故對外國文並不需要講得好。日本人研究中國文化亦只是跟着走，並不具備獨立精神，如中國的五四運動時的疑古；又如講左傾的馬克思哲學，都是跟着我們中國走，且很少超過我們，但日本沒有靈魂，並不起帶頭作用。

五四運動到今天都是偏的、客觀的，並沒有科學方法，也不講證據，應該講知識而不能用意見。學術是根據知識而並非對意見的投票，與政治有所不同。

今日中國講民主政治，但古代的中國亦並非專制。不能光喊口號作政治運動，作文化學術思想運動應埋頭去圖書館，意見可以問人，但思想不要問人，只講意見不講知識是錯誤的。

五四運動以前，中國文學史的材料，我們只抄襲日本人；五四以後，也沒有好的材料。

今日如有人說，某人思想落伍了，這不對，意見可以說落伍，可有反對不同的；但知識是真理，是永遠存在的，而"落伍"、"潮流"等口號只是政治運動的玩意兒。

中國幾十年來在文化學術上的毛病是：

一是意見的偏；二是功夫的偏。

有單獨研究一種的，而忽略了其他的重要方面，如胡適之研究中國的《紅樓夢》，其佔中國文學史的地位極小，不解決此問題，對文學史沒有影響。

幾十年來，有要做專門學問的偏見，只鑽牛角尖的小功夫，卻忽略了大的。

觀看手有兩種看法：一是仔細的看手指紋，但另一種是看整隻手。不能說只能由小處着手，當然用細功夫也是可以，但大功夫也是值得，今日中國卻最缺乏。應該學了西方的以後，再用於研究中國的，不可看了西方來罵中國的，因中國國情不同，否則成了出主入奴。

中國的學術界，今日是無政府主義，而沒有權威，必定要師嚴而道尊。

我希望我們大家聽了這門課以後，再去圖書館研究。其次是以後有從事研究中國文學史的人，並不一定要進研究所，主要是立志。立志的人必要具備犧牲精神，這是一個願，沒有願就不成功了。做學問就是要獻身，要貢獻出來，這是一種犧牲。

上帝對人是平等的，生在外國有便宜之處，也有吃虧之處；生在中國亦然。

我們應該回想以上所講的重點何在？啟發在哪裏？

我所講的並非標奇立異，乃是有根據。五四以來硬是要新奇，要創見，這只是無知識。

如果我們努力去做學問，就會感到時光的不夠用，到此狀態時，就進入了做學問大門；到了年齡一大，就會感到精力不夠了。

有了好學之志，出了大學，習慣已養成，就可做學問了。

一個人的本領與長處要自己去發現，但不要表現。不發掘本身內有的本領是可惜了，冤枉了，不要吝嗇自己，憐憫自己。

今天中國學術界有待開荒，早以無人栽種。故如有人花了心機去研究學術，必會有所得。我這番話是啟發鼓勵大家去從事創新著作的大方針。

跋

記得錢穆先生在他創辦的新亞書院擔任院長時，每年仍會每學期開講一兩門課程。記得他曾開講的課目有論語、孟子、詩經、莊子、秦漢史、中國通史、中國經濟史、中國文學史、中國文化史、中國社會經濟史、中國近三百年學術史，以及中國思想史等，我在大學部修讀他其中六門課。看上述如此廣泛的課程，相信中國自開辦西方式大學以來，沒有一位教授能同時開如此多不同門類的課程。

早年台灣大學中文系何佑森教授評說錢先生道："今年八十高齡的錢穆賓四先生是一位通儒。通儒與專家不同，凡是致力於學術的人，三五年可以成一專家，而窮畢生之力未必可以成一通儒，可見為專家容易，為通儒卻難。三百年前，當時讀書人都一致推許顧亭林是一代通儒，而亭林無名位，又無權勢，在權勢上，他不如康熙帝的寵臣李光地；在名位上，他也不如主持一統志局的徐乾學，在這種情況下，亭林仍然不失其為一代通儒，很多人必然懷疑，這是甚麼緣故呢？亭林的學生潘來(字次耕)曾為通儒訂下了一個標準。他認為：通儒必須要有匡時救世的心術，要有明體適用的學識，在著述上，要有'綜貫百家，上下千載，詳考其得失之故，而斷之於心，筆之於書'的具體表現。"

何教授認為錢先生的成就是當得起這個標準的，所以錢先生無論是文學、歷史、哲學、經濟、藝術和社會等各方面都是有其卓識，更是造詣高深的。他講上述眾多課程都可說是胸有成竹，得心應手。錢先生雖然沒有進過大學，但有一事可以證明，錢先生確是博覽羣書，讀通了經、史、子、集各類典籍的，就是他的長姪錢偉長先生有一次談到錢先生讀書之勤奮，說："我到蘇州中學讀書，學費、書雜費、生活費都由四

叔負擔（按：四叔即錢穆賓四先生），他在蘇州（中學）任教時，朝迎啟明夜
伴繁星地苦讀，並和我父親共同把積攢的一點錢湊起買了一部《四部備
要》，經、史、子、集無不精讀，時而吟詠，時而沈思，時而豁然開朗，
我看他讀書的滋味簡直勝於任何美餐。跟當年一樣我仍從旁伴讀。有時
還聽四叔講文學，從《詩經》、《楚辭》、《六朝文賦》，講到唐宋詩詞，從
《元曲》講到桐城學派、明清小說，脈絡清楚，人物故事有情有節，有典
故，有比喻，妙語連珠，扣人心弦。就這樣，我和他朝夕相處，耳濡目
染，學到不少東西。記得我在清華大學時，考卷中有一道題，問二十四
史的作者、注者和卷數，許多人覺得出人意料，被考住了，而我卻作了
圓滿的回答。這是從四叔平時閒談中獲得的知識。……四叔在蘇州中
學之年，學術上突飛猛進，為商務印書館的萬有文庫寫《墨子》、《王守
仁》，可謂振筆疾書，一週寫一本書，內容翔實，頗有點‘讀書破萬卷，
下筆如有神’之狀。而他寫《先秦諸子繫年》一書，體系宏大，下筆凝
重，窮數年之力，數易其稿。功夫不負苦心人，書稿得到史學界同仁的
好評，有的專家甚至稱譽此書猶如讀顧亭林之作。”從錢偉長先生上述
這番說話，可見錢穆先生博覽羣書，且是痛下苦功，才可獲得如此豐碩
的學識，而其在中國文學史方面，因此也有碩大的成就無疑。此乃因為
錢先生的成就並不限於史學一項，正如何佑森教授所言，錢先生是一代
通儒。

　　筆者把錢先生中國文學史講稿於 2014 年 8 月整理完畢，在全書出版
前，先由《深圳商報》連載部分章節，引起文教界之關注，由於錢先生
在緒論中說：“直至今日，我國還未有一冊理想的‘中國文學史’出現，
一切尚待吾人之尋求與創造。”刊出十天左右，即獲得文教界學者之熱
烈討論：由《深圳商報》記者劉悠揚小姐寄來多份該報文化廣場版。如 8
月 11 日，首先由北京大學中文系陳平原教授，他曾受邀為香港中文大學
客座教授，並開講中國文學史多年，亦曾著述有關中國文學史的著作多

冊，他亦看過錢先生早年刊印的兩本中國文學論講演稿，而且認為錢先生關於中國文學，確有不少獨到的體會。

至於陳平原教授認為"著述與講稿體例不同；經本人修訂的記錄稿，與未經本人審定的聽課記錄，更是有很大的差異。"這點筆者非常同意，記得早年筆者曾整理錢先生所講"中國歷史研究法"。此稿經錢先生修訂後出版，其中有刪改潤飾，亦有增添，甚至有加入一整段的。可惜這本中國文學史稿，已無法讓錢先生親自修訂了，實為憾事。陳教授主張"文學史應該是個性化的，並不欣賞思想上大一統或追求發行量的通用教材，而更喜歡錢穆這樣的'自作主張'。"陳教授可說是錢先生的知音。

接着《深圳商報》刊出南京大學王彬彬教授的意見，他認為"理想的文學史本質上不存在，因為歷史研究以尋求共性為目的，文學的價值卻表現於他人的獨特性。"

中山大學黃天驥教授則提出，"就像錢穆先生，他按照他的思路去寫文學史，當然是好事，也無所謂重寫的問題。在學術界，如果自覺有能力有體悟，我可以寫文學史，他也可以寫文學史。這本來是自然現象，應該是鼓勵的。"

復旦大學陳思和教授認為編撰文學史應該強調個性化，編撰者應該有獨到的文學見解，文學偏好，甚至有獨特的理論話語，對文學史的發展有獨特的描述。……錢穆先生當年講的是中國古代文學史，那時候除了劉大杰先生的《中國文學發展史》有個人特色，其他文學史還都比較粗糙，後來才慢慢出現了全國通編的權威教材，所以錢穆先生所說的也是事實。至於說到理想的文學史，是永遠不會有的。

德國漢學家顧彬先生由於對錢先生的文學史見解頗感興趣，因此《深圳商報》記者訪問他時說："一百年來德國出了十幾本中國文學史，除了中國、日本、韓國外，可能沒有其他國家會有這麼多中國文學史。"當記者魏沛娜小姐問他"此次由錢穆弟子葉龍整理而成首次面世的錢穆《中國文學史》，就是一部極富個人化色彩的文學史。你對這種頗具個性化的文學史著又有甚麼看法"時，顧彬教授的回答是："所有的文學史應該是個人的。作者需要他個人的標準、觀點、方法。太多文學史意思分歧不太大。原因是學者沒有還是不敢有他獨特的立場。我不管人家的立場是對的還是錯的，我希望他的思想有一些新的、值得討論的認識和心得。"

南京大學中文系莫礪鋒教授，據《深圳商報》記者劉悠揚小姐的報導，還是一位唐宋文學研究專家，他也看了這篇"中國文學史"記錄稿，他的評述也是正面的，莫教授說："錢先生的主要研究興趣在中國歷史，包括中國思想史，但由於他對中國傳統文化抱着敬畏、熱愛的態度，所以對中國古代文學也很重視。而且前輩學人文史兼通，所以錢先生對古代文學也有很深的素養，他的這些觀念，我完全同意。"莫教授也提到"五四以來，對中國古代文學的貶低，如胡適的白話主流論、1949 年以後的民間文學主流論，再到階級鬥爭主流論、儒法鬥爭主流論，一部中國文學史被歪曲得不成體統，文學傳統受到徹底顛覆。"這番意思和錢先生的意見如出一轍。當莫教授提到"黃侃先生的一學生為《文心雕龍》作一注說：〈蘇李河梁贈答詩〉與〈古詩十九首〉均為西漢時所做。此說甚謬。"時，莫教授批駁道："其實范文瀾在《文心雕龍注》中對這個問題廣徵博引，且加按語說：'蘇李真偽，實難確斷，惟存而不議，庶寡尤悔耳。'何曾說是'均為西漢時所做？'至於記錄者特為拈出來表彰的'錢師近代最早之發現者'，比如肯定曹操的文學成就，其實魯迅早在 1927年就作過〈魏晉風度與文章及茶與酒的關係〉的著名演講，已稱曹操是'改造文章的祖師'。全書的主次輕重也不夠妥當，比如說到《左傳》只有寥寥百言，對晁錯的〈論貴粟疏〉倒大談特談。不過我還有沒有讀到整理出版的全書，只有零星的意見。"

關於莫教授這一批駁，擬在此解釋幾句："錢先生治學，從來不講門戶派別，對所有學者都是持尊重友好的態度。他在講文學史時提到的"黃侃先生的一學生"也並沒有指名道姓，黃侃先生的大弟子潘重規教授也在香港新亞書院擔任中文系系主任，後任文學院院長。錢先生在其《師友雜憶》中提到，他也曾以請教的態度，去拜訪過黃侃先生的師尊章太炎先生。可惜當時沒有問錢先生有何根據，但絕無貶低"黃侃先生的一學生"是可以肯定的。錢先生的名著《國史大綱》出版，曾請多位史學教授校正疏失，以顯出其治學的謙讓風度。至於談到1927年魯迅所講曹操的大作〈魏晉風度與文章及茶與酒的關係〉，已稱曹操是"改造文章的祖師"，說是筆者"特為拈出來表彰的'錢師近代最早之發現者'"，不妨解釋一下。其實我記錄時並無此意，而是錢先生在其《師友雜憶》中談到他於民國十一年秋到廈門集美學校高中師範部執教三年級同屆畢業之兩班國文課時，錢先生自述道："翌日，即上課，同授曹操〈述志令〉一文。時余方治中國文學史有所得。認為漢來建安時，乃古今文體一大變，不僅五言詩在此時興起，即散文各體亦與前大異。而曹氏父子三人，對此方面有大貢獻。惟曹氏此文，不僅不見於文獻，即陳壽《三國志》亦不錄，僅見裴松之注中。故首加選講……余之首授曹氏此文，正在當時文學上新舊兩派爭持之間。而曹操為人，而同學間亦初不知其在中國文學史上有如此一特殊地位。故兩班學生驟聆余課，皆深表欣服。"按照莫礪鋒教授所講，魯迅講及"曹操是改造文章的祖師"時，是在公元1927年，而錢先生則是民國十一年，亦即是公元1922年所講，乃早於魯迅所講五年。可見這確是錢先生治中國文學史有新得（按：錢先生此文刊於台北東大圖書公司於民國七十二年出版之《八十憶雙親‧師友雜憶合刊》107頁）。至於莫教授批評"全書的主次輕重也不夠妥當，比如說到《左傳》只有寥寥百言，對晁錯的〈論貴粟疏〉倒大談特談"我以為這可能是錢先生慣常的做法，"詳人之所略，略人之所詳"而已。正如陳思和教授所說："編撰者應該有獨到的文學見解、文學偏好，甚至有獨特的理論話語，對文學史的發展有獨特的描述。"一如筆錄錢先生的"中國經濟史"般，只是如實地把錢先生所講的記錄下來，沒有加添，也不刪減。根據我聽過錢先生講的多門課，他事先都是有備課，而且上課時都是根據記錄的卡片來講述的，卻不肯定錢先生是否臨時會加添幾句。

至於近代著名人文學者劉再復先生對《深圳商報》記者談到錢先生的中國文學史時，他"肯定是錢穆個性化的文學史，即體現錢先生獨立不移的文化理念與審美趣味的文學史。國內以往十年所出的文學史教科書，缺少的恰恰是個性，恰恰是個人視角、個人立場，個人審美判斷力的闕如。"劉再復先生又說："很怕閱讀國內出版的文學史教科書，因為它太多雷同，太多重複，其複製性、抄襲性、意識形態性均極明顯。編寫沒有個性的所謂'平穩'的教科書，算不上'文學研究'，它沒有甚麼學術價值，但我們又不能不承認，作為教材，還需要顧及'常識價值'，不能一味追求高深的學術價值，像錢穆先生的'中國文學史'，是否適合作為普遍性教材，恐怕也未必。知道錢先生的儒家情意結是一以貫之的。但也知道，多讀一些錢先生的書，就多一分清醒劑，既可避免激進，也可避免輕浮，我希望葉龍先生的整理稿能引發千百萬讀書人思索。"劉再復是一位直心腸的人，實話實說，據我如實的筆錄，錢先生所講並不高深，只是他個人的視角和立場，只是他個人的審美力。我們盡可以多讀幾種國人寫的中國文學史，然後就個人性之所近而決定喜好。正如有教授提出的，凡有興趣有能力寫中國文學史的學者，盡可自寫其文學史，大可以百家爭鳴、百花齊放，正如北京大學中文系的陳曉明教授所說："文學史敍述要有個人態度。"

綜上所述，以上教授們都主張凡有興趣有能力寫中國文學史的學者，都可憑自己的個性喜好來撰寫。錢先生開講"中國文學史"這門課是在 1955 年，如陳思和教授所說，那時候寫得比較像樣的也只有劉大杰先生的《中國文學發展史》，其餘多是寫斷代史或文學專史，如文學中的戲劇史、小説史一類，寫整套的多是比較粗糙。所以錢先生提出"還未出現理想的文學史，實有待後人的尋求與創造。”由於難以創造理想的文學史，故有待有興趣有能力者一起共同來創造，各人自可發揮其各人的見解。大家亦可從《深圳商報》所刊出的上述學者所提出的共同意見，得知要寫出一本十全十美的“中國文學史”實無可能。但人人均可寫出其各人不同的見解與看法，這也就是錢先生所説的，“有待今後的學者們一齊共同來尋求與創造”的意思。錢先生自己在此講稿中提出了一些大問題，值得大家來討論，他確實也提出了個人對中國文學史的一些看法與見解，供我們參考。記錄如有疏誤，則文責當由筆者自負，祈高明不吝指正。

葉龍

於 2015 年元旦翌日